Einaudi. Stil

Giancarlo De Cataldo
Io sono il castigo

Einaudi

ISBN 978-88-06-24520-7

Io sono il castigo

Prologo

Un uomo in redingote, con una penna d'oca in mano, verga righe frettolose su un foglio. Alle sue spalle una donna molto bella, in abito da sera. Sono in un ampio salotto, con un caminetto e una tavola imbandita. Mentre l'uomo scrive, la donna si avvicina alla tavola, prende un bicchiere e lo porta alle labbra. D'improvviso s'accorge del coltello affilato che scintilla accanto a un piatto di ceramica e, accertatasi che l'uomo non possa vederla, ghermisce lesta l'arma. L'uomo posa la penna, appone un sigillo sul foglio, lo ripiega e si dirige verso la donna per abbracciarla. Ecco.

Il pubblico che affollava la pomeridiana del Teatro Costanzi di Roma in quel mercoledí di novembre trattenne il fiato. Il momento culminante si avvicinava. L'orchestra si preparava all'esplosione del pieno sconvolgente che avrebbe accompagnato il castigo del carnefice. E tutti fremevano nell'attesa dell'affondo di lama che doveva punire di morte crudele l'orribile Scarpia e del grido liberatorio della donna: questo è il bacio di Tosca! Nelle prime file, in uno dei settori riservati agli abbonati, sedeva un uomo alto, dai capelli grigi, il volto di una bellezza classica e senza tempo, dai tratti fini. La postura e l'elegante completo in lana e seta emanavano sicurezza, discrezione, disinvoltura.

Era un grande appassionato di opera lirica. Non ricordava nemmeno piú a quante rappresentazioni della *Tosca* aveva assistito. Ma ogni volta si riscopriva a provare le stesse ineguagliabili emozioni. A Roma, poi, per chi c'era nato, come lui, e per chi aveva scelto di viverci, il capolavoro di Puccini acquistava un senso unico. Non c'è storia piú romana della *Tosca*. Il pittore Cavaradossi, amante della celebre cantante Floria Tosca, nasconde Angelotti, console bonapartista fuggito dalla tetra prigione di Castel Sant'Angelo dopo la restaurazione papalina. Il barone Scarpia, perfido governatore, induce al tradimento la gelosa Tosca. Cavaradossi è condannato a morte. Tosca accetta di concedersi in cambio della libertà dell'innamorato, e invece giustizia Scarpia e gli ruba il salvacondotto. Ma il destino degli amanti è tragico. Scarpia ha ingannato Tosca, la fucilazione di Cavaradossi, che dovrebbe essere simulata, è invece vera, e il pittore muore. Disperata, Tosca si suicida gettandosi dagli spalti di Castel Sant'Angelo. Tosca e Roma, binomio indissolubile: ancora al Teatro Costanzi si replicava con le scene e i costumi disegnati da Adolf Hohenstein per la prima del 14 gennaio 1900.

Ma qui, intanto, Scarpia rantola ai piedi di Tosca, il coltello vendicatore intriso del suo sangue maledetto. E dopo il colpo, eterno monito ai tiranni e ai torturatori d'ogni razza, le parole di Tosca davanti al morto, quasi una sarcastica, ma ineluttabile constatazione: e avanti a lui tremava tutta Roma! Vale a dire: ecco a cosa si riduce tutto il potere, a una carcassa. E ci voleva una donna per spegnerti, una donna innamorata. Poi Tosca ha un sussulto di pietà: colloca delle candele ai due lati del corpo, pone fra le braccia conserte un crocifisso. La musica si fa dolente, grave, intessuta della solennità del mistero della morte.

Il secondo atto si spense nel silenzio. Finalmente partí l'applauso. L'uomo dai capelli grigi si alzò e si diresse verso il foyer per un calice di vino. In quel momento gli vibrò il cellulare. Lesse il messaggio, sospirò, e scuotendo la testa uscí dall'edificio, avviandosi al vicino parcheggio di taxi. Il suo nome era Manrico Spinori, Rick per gli amici, sostituto procuratore della Repubblica in Roma. Quel mercoledí era di turno, ed era stato convocato in ben altro teatro.

I.

Il cadavere era di un maschio, bianco, sui settanta, probabilmente qualcosa di piú. Abiti un po' stravaganti o forse soltanto antiquati: giacca color crema stile Carnaby Street anni Sessanta, calzoni svasati, stivali bianchi, il tutto coordinato con un codino di capelli di tonalità grigio vezzoso. L'insieme faceva pensare a un dandy addobbato per una festa in costume, ovvero al completo di scena di un artista. E in tal caso, che artista? Guitto, giullare, musicista? Il volto, peraltro nemmeno eccessivamente scomposto nella maschera della morte, risaltava cereo sotto il getto luminoso del pesante faro che due agenti della Scientifica dirigevano sui punti di volta in volta indicati dal professor Gatteschi, il medico legale.

Altro personale tecnico in tuta bianca anticontaminazione, con annesse torce tattiche perfette per violare la ritrosa oscurità della sera invernale, e il capopattuglia della volante intervenuta per prima sul posto si aggiravano perlustrando i recessi del «luogo del ritrovamento del cadavere». Due elementi della Municipale, sbarcati da un «comando mobile», il furgone di pronto intervento dei vigili urbani, esaminavano la carcassa, circondata di pezzi di lamiera e schegge di vetro, di una macchina di grossa cilindrata che l'impatto con le antiche mura aveva ridotto a un mesto rottame. Di tanto in tanto un frammento che forse sarebbe stato utile, e forse non sarebbe servito a niente, finiva in una busta di plastica vergine. Un operatore girava un video. La zona era stata opportunamente «cinturata», come si dice in gergo: alcuni agenti alle prime armi tenevano a distanza un drappello di curiosi che, incuranti dell'acquerugiola che continuava a precipitare insistente, si sforzavano in tutti i modi di catturare qualche fotogramma dello spettacolo.

Mentre Orru, Vitale e Cianchetti, la sua squadra investigativa, percorrevano i dintorni a caccia di altri testimoni o di videocamere, Manrico cominciava a farsi un'idea della situazione. Si trovavano lungo il tratto discendente di via delle Fornaci, una vecchia strada che muoveva dal Gianicolo per rovesciarsi su San Pietro: e infatti, screziato dalla pioggerellina illuminata da radi lampioni, il Cupolone rifulgeva sullo sfondo, quasi a voler ironicamente consolare i resti del morto. Il veicolo aveva imboccato le Fornaci nel rispetto del senso di marcia, provenendo dunque dal colle. Il conducente doveva aver perso il controllo, e questo era palese anche a un profano come lui. La causa sarebbe stata accertata in seguito, ovviamente. Si avvicinò a Gatteschi, e il medico legale sbuffò.

– Bah, è molto chiaro. Non dovrebbero esserci problemi per indicare la causa del decesso. Il tipo, – e indicò il cadavere, scomposto e nel contempo dignitoso, come se fosse sorpreso piú che angosciato dalla morte, – se n'è andato sul colpo. Ipotizzo fratture multiple, direi sull'ottanta per cento della superficie corporea. Comunque, per scrupolo voglio dare un'ultima occhiata.

Manrico si avvicinò ai due della Municipale. Il piú alto in grado, un tenente dagli occhi sgranati, gli spiegò che i primi accertamenti sarebbero partiti appena l'area fosse stata sgomberata. Il suo collega, un pari grado piú anziano, sentenziò che si trattava con ogni evidenza di omicidio stradale.

– Nun guidava lui, dotto'. Se capisce dalla dinamica.
– Se è per questo, – gli fece notare Manrico, – c'è anche un testimone.

– Certo, certo, – intervenne il primo tenente, – ma il collega voleva di' nun guidava e nun c'aveva la cintura, se capisce da come è stato sbalzato fuori dall'abitacolo.
– E quindi?
– E quindi, concorso di colpa. No, dico per i risarcimenti.
– Poi tocca vede' se il conducente aveva bevuto.
– Poco ma sicuro. Te l'ho detto, Vini'., omicidio stradale.
– E allora pe' i risarcimenti so' casini.
– Che poi, dotto', – e qui il secondo tenente si rivolse direttamente al Pm, – alla fine se riduce tutto a quello: li quattrini!

Ragionamento greve, eppure tipico. D'altronde, che a governare il mondo fossero da sempre «er priffe e 'r pelo», vale a dire l'oro e la passione, l'aveva già sancito a suo tempo il Belli. In questo caso fu Manrico stesso – per quel moto di deformazione professionale che muove chiunque eserciti a lungo la stessa attività – ad astrarsi dal fattore umano per concentrarsi su quello meramente tecnico: immaginava la battaglia di perizie, la guerra sui risarcimenti, l'invadenza delle assicurazioni e quant'altro. Ma anche la deformazione professionale ha i suoi limiti: e per quanto lo riguardava non si era ancora arreso al cinismo del veterano. Così, quando i due ufficiali dei vigili cominciarono a decantare le meraviglie del veicolo coinvolto, una macchina d'epoca, roba da collezionisti, roba da attori americani – guarda che saettone, anvedi, ce n'aveva de sordi, er decujus! – voltò loro le spalle con un mezzo saluto e si eclissò.

La strada era stata ovviamente chiusa, sbarrata dalla volante del commissariato Monteverde, giunta per prima sul posto. Accasciato sul sedile passeggero di una Smart bianca, praticamente giaceva il geometra Rossi, il testimone oculare, un uomo di mezza età. Si alzò in piedi. Avvoltolato in una coperta, tremava di paura e di freddo. Scendeva giú per via delle Fornaci, era dietro una curva, i rami di alti pini coprivano la visuale, aveva avvertito uno schianto e poi un urlo. Il geometra aveva però assistito al segmento finale dell'incidente. Aveva visto il passeggero sbalzato dall'abitacolo, ed era riuscito a frenare in tempo per evitare di travolgerlo. Aveva ancora il terrore negli occhi. L'altro, il conducente, era riuscito a liberarsi da solo, e a uscire dal lato guida, dove lo sportello si era accartocciato, ma, incredibile colpo di fortuna, l'impatto con le mura lo aveva scardinato, aprendo una via di fuga al malcapitato.

– È sortito sulle sue gambe. Oh, faceva impressione, madonna, tutto bianco, e col sangue dappertutto. Barcollava. E infatti è caduto subito dopo. Io ho chiamato il 112 e so' arrivati pure presto, una volta tanto. Adesso posso andare, dotto'?

– Solo se se la sente di guidare in queste condizioni.

– Lei mi lasci andare a casa e vedrà che mi passa tutto.

Manrico annuí e ordinò agli «operanti» – cosí si definiscono, tecnicamente, gli agenti che si occupano dell'indagine – di lasciarlo andare. Il geometra rimontò lesto sulla Smart e ripartí di gran carriera. L'indomani sarebbe stato convocato e ripreso a verbale.

Manrico tornò a dare uno sguardo al cadavere. Gatteschi si era allontanato di qualche passo per accendersi una sigaretta. Prima ancora che potesse rendersene conto, improvvisamente il volto livido della vittima fece scattare un relè nella mente del magistrato. Da qualche parte, in qualche momento della sua vita, lui e quest'uomo si erano incontrati. O, quanto meno, lui lo aveva visto. Ma quando? Dove? La sensazione trascolorò rapida. Si materializzarono due barellieri dall'aria scocciata che domandarono sbadigliando se potevano caricarsi il morto e portarlo all'obitorio. Manrico indicò loro il funzionario della Scientifica, che li dirottò dal medico legale. Gatteschi scambiò un'occhiata con la sua assistente, una biondina dal fare ossequioso, e annuí, sfilandosi i guanti. I barellieri si allontanarono per prendere la barella.

– Disponi l'autopsia? – chiese il prof.

– Sai come la penso. Se non è strettamente necessario... ma sentiremo i parenti.

– Fammelo sapere appena puoi.

Si strinsero la mano. L'assistente cerimoniosa si limitò a un mezzo inchino e seguí il suo capo a un passo di distanza. Manrico e Gatteschi si conoscevano e stimavano da vent'anni. Il professore era uno dei pochi a non considerarlo un eccentrico. Forse perché anche lui era un tipo particolare. Lo chiamavano «il rude», detestava essere contraddetto e a volte il suo *sense of humour* poteva apparire sfrontato. Ma era un gran professionista. Una sicurezza. I barellieri tornarono in compagnia del funzionario della Scientifica. Con lui c'era un altro operatore in tuta bianca antisettica, che prese a frugare con cautela nelle tasche del morto. Ogni volta che ne estraeva un oggetto ne pronunciava il nome a voce alta e lo passava al funzionario, che provvedeva a inserirlo in una busta separata. Portasigarette presumibilmente in argento. Pezzuola di colore marrone per la pulitura delle lenti. Portafogli con vari documenti, fra cui una carta d'identità a nome di tale Diotallevi Stefano residente in via Ovidio.

Lí non c'era molto altro da fare per lui. Si avvicinò alla macchina di servizio – piccolo privilegio, se cosí può dirsi, del sostituto procuratore di turno – e chiese all'autista di portarlo all'ospedale Santo Spirito, dove era stato ricoverato il conducente.

II.

Sulla piazzola davanti all'ingresso del pronto soccorso, appoggiata a un'ambulanza, l'ispettrice Cianchetti, che l'aveva preceduto, fumava una sigaretta rollata a mano e discuteva animatamente con qualcuno al cellulare. Manrico rimase a distanza per non apparire indiscreto. Un mese prima il fidato Scognamiglio, il suo piú leale e affezionato collaboratore, il maresciallone d'altri tempi con cui aveva diviso gli ultimi vent'anni di indagini sui piú svariati cittadini al di sotto di ogni sospetto, Scognamiglio, aiutante, amico, confidente, fratello, aveva lasciato improvvisamente questa valle di lacrime. Si era scoperto che era malato e non l'aveva comunicato ad anima viva. Manrico aveva trovato tanta discrezione commovente, anche se forse eccessiva. Non c'è niente di disonorevole nella malattia. E se lui lo avesse saputo, se avesse immaginato che l'amico stava per lasciarlo, sicuramente gli avrebbe dedicato piú attenzioni. Ma tant'è.

Da qualche giorno gli avevano assegnato Cianchetti. Difficile sostituire uno come Scognamiglio, d'accordo, ma gli esordi dell'ispettrice non erano stati esaltanti. Per il momento, era un oggetto misterioso. Che ora litigava al telefono con... un marito? Un fidanzato? Di certo non un compagno, date le sue idee. Deborah Cianchetti era alta sul metro e ottanta, sfoderava tatuaggi etnici sui considerevoli bicipiti – e anche altrove, sospettava Manrico – praticava il pugilato e aveva vinto la medaglia d'argento agli ultimi campionati interforze di tiro con la pistola libera. Incurante della stagione invernale, indossava un chiodo di pelle nera su una maglietta bianca e jeans strettissimi. Portava i capelli scuri a caschetto ed era spaventosamente bella. Bella e coatta. Ai tempi in cui frequentava i collettivi, una come lei Manrico l'avrebbe definita, senza mezzi termini, «fascista». E lei, dal suo canto, gli avrebbe dato della zecca. E magari la cosa gli avrebbe procurato piú gusto, nel provarci.

Ecco, la telefonata era finita. Male, a giudicare dall'incedere indignato della poliziotta. Si scambiarono un cenno di saluto, tutt'altro che entusiastico. Lui la seguí dentro il pronto soccorso. Attraversarono una sala d'attesa con una mezza dozzina di disperati accasciati su seggiole di legno – chi si lamentava, chi russava, l'aria non profumava proprio di rose fresche o d'erba appena tagliata – e infine raggiunsero una specie di magazzino dove ad attenderli, semisdraiato su una lettiga, c'era un uomo piccolo con un braccio fasciato. Poteva avere una sessantina d'anni, l'aria smarrita, un accenno di barba, capelli grigi e radi. A Manrico fece venire in mente un Renato Rascel malmesso. E poi pensò: ma chi se lo ricorda piú, Renato Rascel? Manrico e Cianchetti si presentarono, e chiesero se era disposto a rispondere a qualche domanda. Gilberto Mangili annuí. Aveva una voce chioccia, non proprio gradevole.

– Ci racconti com'è andata, – sollecitò Rick.

Mangili tirò su col naso.

– Niente. Stavamo scendendo dalle Fornaci quando ho perso il controllo. La macchina mi scappava da tutte le parti. E non andavamo a velocità sostenuta, il dottor Brans era prudente... La strada era scivolosa, per via del-

la pioggia, però di perdere il controllo cosí non m'era mai
successo... non frenavo, e...
– Aveva bevuto, Mangili?
Di colpo Deborah Cianchetti aveva assunto un tono
aggressivo. L'omino si tirò su a fatica. Scoccò alla sbirra
un'occhiata mite, la si sarebbe detta carica di delusione.
Rick irruppe con un'esclamazione.
– Brans? Mario Brans?
– Sí, proprio lui, – confermò Mangili, e sembrava che
da un secondo all'altro dovesse partirgli la lacrima. Il tutto mentre la Cianchetti lo contemplava con aria di commiserazione. Mario Brans era il nome d'arte dello Stefano Diotallevi che in quel momento stavano trasportando
all'obitorio. Ah, diavolo, eccolo, il relè che non era riuscito
a intercettare, il *clic* che gli aveva acceso al volo, e altrettanto rapidamente spento, le sinapsi. Ma certo, certo. Mario Brans. Ciuffo d'oro. L'idolo delle masse popolari degli
anni Sessanta e Settanta. Ricordi confusi si affacciavano
alla mente. Camillo, che allora non era ancora il vecchio
Camillo, ma semplicemente il marito di Lorenzina, la tata
mitica e adorata, Camillo che si cosparge di brillantina la
stenta chioma e si sforza di strappare all'ugola cavernosa
gli strilletti dell'acuto di Brans. Un tenore, e in qualche
passaggio persino controtenore, ai confini del castrato.
Ma, se non ricordava male, era tutt'altro che sessualmente
ambiguo, anzi. Rammentava articolesse di riviste scanda-
listiche che gli attribuivano amori e amorazzi, tradimenti
e rappacificazioni, l'eterna italica passione per le corna...
com'è che si chiamava la sua fidanzata storica? Tina Mo-
lino, Morino, Morini, qualcosa di simile... poi di Brans si
diceva che avesse avuto una specie di svolta mistica. Ma a
quel punto lui aveva ormai perso ogni interesse per la vicenda. Quando era ragazzo aveva detestato i cantori del-

la razza di Brans, crooner melensi, se non veri e autentici gallinacci starnazzanti.

– Allora, signor Mangili, aveva bevuto? – insisteva Cianchetti.

– Io non bevo e non fumo, signorina.

– Ispettore Cianchetti, prego! Mangili, lei assume sostanze?

– Ma che intende dire, scusi?

– Fa uso di droghe?

– Santo cielo, no! Non assumo nessuna sostanza! Mi sono reso conto che stavo perdendo il controllo della macchina e ho cercato di frenare, ed è stato peggio, perché i freni non hanno funzionato, e la macchina è andata in testacoda, e siamo finiti contro il muro, e... e poi non ricordo piú niente. Ho perso i sensi... credo, almeno. Ricordo solo che sono caduto. Devo aver chiuso gli occhi. Quando li ho riaperti ero qui...

– E l'automobilista che l'ha soccorsa? Quello se lo ricorda? E il 118? Quando l'hanno caricata sull'ambulanza? Questi particolari se li ricorda?

No, non andava bene. La Cianchetti era... eccessiva. Ecco. Eccessiva in tutto. Per la miseria, ma non capiva che quel poveraccio aveva appena visto la morte in faccia?

– Quali erano esattamente le sue mansioni, signor Mangili? – intervenne Rick, togliendole la parola.

– Lavoro con il signor Brans da dodici... no, da quattordici anni. Gli faccio da autista, fattorino, un po' di tutto, insomma... e adesso...

– Che tipo era Brans?

Un sorriso affiorò sulle labbra del ferito.

– Una brava persona. Un signore.

La Cianchetti riprese con le domande tecniche. Rick si sentí improvvisamente piombare addosso una profonda stanchezza. Invecchiava. Aveva persino stentato a riconoscere Mario Brans, un'icona dei suoi tempi. E la Cianchetti incalzava.

– Ci parli delle ore che precedono l'incidente.

– Sono andato a prendere il dottore come sempre verso le 18, 18.30 nella sua casa di Prati e da lí siamo andati agli studi di via Poerio, dove registrano *Cercolavoce*, il talent.

– Le è sembrato di avvertire qualcosa di strano, nel motore, per esempio?

– No. Finché non c'è stato l'incidente sembrava tutto a posto. Tutto come sempre.

– Senta, – s'inserí Manrico, – io non ci capisco molto, ma... che macchina è quella dell'incidente?

L'omino abbozzò un sorriso mesto.

– È una Iso Rivolta modello Fidia del 1973. Non ce ne sono tante in giro.

– E quanto gli sarà costata? – fece Cianchetti, colpita.

– Tanto, – rispose Mangili.

Comparve un dottore, accompagnato da un'infermiera. Il medico squadrò severamente Rick e la poliziotta. Il ferito era in ricovero precauzionale, aveva il diritto di riposare. La Cianchetti stava ponendo un'ultima domanda quando di colpo Mangili scoppiò a piangere. La Cianchetti si bloccò. Il medico uscí scuotendo la testa. L'infermiera ordinò a tutti di lasciare la stanza. Rick era affascinato da quel pianto che pareva quasi un ululato. Il dolore ha cosí tante manifestazioni, e cosí diverse fra loro. Non sarebbe mai riuscito ad adattarsi.

Fuori, mentre prendevano accordi per l'indomani, Cianchetti gli disse che Vitale aveva scovato videocamere di sorveglianza di un vicino albergo. Ma, aggiunse la poliziotta, non c'erano grandi dubbi sul quadro generale.

– Che impressione le ha fatto? – chiese il Pm.

– Non saprei.
– Per accertare se beve o si droga servono le analisi.
– Ho già parlato col primario. Domani ci dirà.
– Lui dice che era pulito.
– Lo dicono tutti.
– A volte è vero, Cianchetti.
– Altre è falso, dottore.
– Disporrò una perizia. Se quello che afferma Mangili è vero, che l'auto a un certo punto era fuori controllo, non si può escludere un problema tecnico. Domattina...
Cianchetti ricevette un'altra telefonata.
– Diego? Ma se ti ho detto di non rompermi i coglioni quando sto lavorando... e sí, ancora qua, va bene, questo si chiama la-vo-ro, testa di cazzo!
Questa volta gli era stato impossibile non ascoltare. Diego. Perfetto come nome da amante. Amante, decise. Clandestino? Improbabile, data l'ora. Forse soltanto insistente. O con qualcosa da farsi perdonare.
– Andiamo, Cianchetti. Per oggi mi sa che basta. Ci vediamo domani alle 9 in ufficio da me. Le do un passaggio? Con la macchina di servizio?
– Grazie, ho la mia moto. E poi non ho ancora finito, dottore. Qualcuno deve informare la famiglia.
Cianchetti bofonchiò una specie di saluto e gli passò davanti, lasciandosi alle spalle una vaga traccia di cuoio e sudore. Manrico non aveva niente contro certi odori, anche se penetranti. Non solo, da quando aveva smesso di fumare, li percepiva con maggiore intensità, e a volte gli capitava di trovarli eccitanti. Perché erano odori vivi. Ma. Ma tutto questo non c'entrava con la Cianchetti. Non si era acceso per lei. Non la desiderava. In parte perché aveva la metà dei suoi anni – immaginava il ridicolo di una scena con boudoir e mutande, la differenza fra i corpi;

guardarsi dall'esterno era un'eccellente terapia contro
la satiriasi – in parte perché con le donne amava parlarci,
oltre che farci l'amore. Ed era chiaro che una qualunque
conversazione con la Cianchetti sarebbe finita a stretto
giro alle vie di fatto. Perciò, se il muro che lei aveva immediatamente eretto fra di loro fosse un giorno caduto,
aveva stabilito che avrebbe pensato a lei come a una figlia.
Beninteso: una figlia di quelle da raddrizzare a schiaffoni.

III.

Alle sette e trenta in punto Camillo fece la sua discreta irruzione nella camera da letto di Manrico. Per una volta, lui non protestò quando il «valletto», come si ostinava a chiamarlo donna Elena, la regina madre, annunciò, con la sua voce monocorde e il tono premuroso di chi ti ha visto crescere e farti uomo, che la colazione del «contino» era servita. Manrico detestava mangiare a letto, ma quella mattina, con tre ore scarse di sonno alle spalle, un risveglio soft era benedetto. Anche perché un quarto d'ora prima la Cianchetti lo aveva informato, con secco messaggio vocale, che serviva la sua autorizzazione per ispezionare i filmati dell'albergo. Manrico aveva risposto con uno scarno «autorizzo» e si era rimesso a dormire. Pochi minuti, ma da non disprezzare. Con un largo sbadiglio, si tirò su puntellandosi sui gomiti, mentre Camillo, impeccabile come sempre, in giacca e cravatta, disponeva il vassoio da letto con la teiera fumante, il bricco di latte freddo, le fette di pane tostato e le marmellate di pesche bianche, zenzero e castagne.

– Il suo Lapsang Souchong, signor contino.

Camillo, con un mezzo inchino, fece per ritirarsi.

– Aspetta, – disse Manrico, – hai già sentito le notizie?

– Non si parla che di Ciuffo d'oro, – sorrise l'altro. Ma era un sorriso mesto, come di chi è colpito dalla prematura dipartita dello zio o dell'amato cagnolino.

– Era il tuo cantante preferito, se non ricordo male.

– Che le devo dire, signore? Un pezzo della mia gioventú... Lorenzina e io ci siamo fidanzati sulle note di una sua canzone.
– E dove? In una sala da ballo? – chiese, sinceramente incuriosito.
– A una festa.
– Non certo dell'«Unità», immagino.
– Ma come le viene in mente! – inorridí Camillo, legittimista, nostalgico del trono e dell'altare. – Era una festa del sabato sera, di quelle in casa di amici... era il 1970. E... se avessimo avuto un figlio l'avremmo chiamato Stefano, come lui.
– Stefano?
– Stefano Diotallevi, in arte Mario Brans.
– Eh già.
Manrico spalmò un po' di marmellata di castagne, addentò la fetta ancora croccante e assaporò il gusto affumicato del vecchio tè cinese. Una patina malinconica offuscava lo sguardo di Camillo. Manrico provò pena per lui.
– Le auguro buona giornata, signor contino.
– Quante volte devo ripeterti di non chiamarmi cosí!
– Ma lei è contino, signor contino. Non si sfugge al proprio destino.
Manrico Leopoldo Costante Severo Fruttuoso Spinori della Rocca dei conti di Albis e Santa Gioconda... provateci a convivere con un nome cosí ingombrante! Nel periodo della vocazione araldica, agli albori dell'adolescenza, Manrico aveva cominciato a indottrinarsi sulla storia della sua illustre casata. Salvo poi ritrarsene inorridito per la quantità di ladri, truffatori, grassatori e finanche tagliagole che aveva scoperto celarsi dietro l'origine delle fortune di famiglia. Una caterva di pessimi soggetti abilissimi nell'accatastare proprietà immobiliari e rendite finanziarie con

metodi banditeschi. Ceffi atroci intorno alle cui misere e ripugnanti esistenze si era venuta costruendo nel tempo una mitologia talmente fasulla da far impallidire il piú impavido propagatore di fake news. A volte si domandava se a spingerlo verso Temi, la dea con la bilancia, non fosse stato un principio di volontà di espiare. Contino. I compagni del collettivo lo avevano sfottuto a morte. E anche a Palazzo di Giustizia, un imprecisato untore, che non era mai riuscito a individuare, aveva propalato un giorno quel nomignolo, divenuto dunque di pubblico e sarcastico dominio. Da parte sua l'unico contino che riconoscesse era quello che Figaro si ripromette di fare a brandelli... *se vuol ballare signor Contino, il chitarrino le suonerò. Se vuol venire nella mia scuola la capriola le insegnerò...*

IV

Nell'anticamera del suo ufficio al quarto piano della palazzina A della (brutta) cittadella giudiziaria di piazzale Clodio, Brunella, l'efficiente segretaria con il difetto del sospiro facile – quarantacinque anni, single, mai che una storia con il disgraziato di turno durasse piú di un mese, prima principe azzurro, poi, immancabilmente, disgraziato, appunto – informò Manrico che «la poliziotta nuova» era già arrivata.

– Che c'è, Brunella, non ti piace?

– No, è che... mi manca tanto Scognamiglio, dottore!

– A chi lo dici, – annuí, piano, lui, e si rifugiò in ufficio, prevenendo la potenziale crisi di pianto della donna. Era evidente che la Cianchetti non le aveva fatto una buona impressione. Stentava a inserirsi. E chissà se ci sarebbe mai riuscita.

Intanto, «la poliziotta nuova», in tailleur pantaloni color crema, borsa a tracolla, capelli freschi di shampoo alla cannella, si stava accendendo una sigaretta accanto alla pesante finestra dai vetri blindati, aperta per l'occasione. Nel vedere Manrico, si affrettò a far scomparire ogni cosa nella borsa.

– Mi scusi, dottore.

– Nessun problema. Sono un ex. Non ho l'animo del gendarme. Fumi pure.

Se non hai l'animo del gendarme, perché cazzo invece di fare il Pm non te sei fatto manna' agli sfratti? Ecco che cosa avrebbe voluto replicare Deborah. Ma forse stava

esagerando, si disse. Mancanza di riposo e stress sono una pessima combinazione. Dopo tutto, il «contino» – sapeva anche lei del soprannome – cercava solo di essere gentile.
– Qualcosa che non va, Cianchetti?
– Tutto bene, dottore.
No che non si sentiva bene! Un'ora scarsa di sonno, se sonno si può definire quel rigirarsi estenuato in un dormiveglia adrenalinico, con per giunta il sottofondo delle chiamate continue di quell'isterico di Diego. E soprattutto, la mezz'ora passata a casa del morto, per comunicare la notizia alla vedova e alla figlia... aaah, ma esiste un compito piú di merda? E poi per che cosa, in fondo, per un omicidio stradale? Va bene, sempre di morto si tratta, ma vuoi mettere un bell'omicidio di mafia, al limite una storia di malavita... non era per occuparsi di incidenti stradali, con tutto il rispetto, che aveva strappato, dopo una durissima lotta, il trasferimento alla polizia giudiziaria. Ma fra tutti i giudici possibili, proprio a Spinori dovevano assegnarla? Cominciava a capire il sarcasmo di certi colleghi piú anziani. Quelli che le avevano augurato sogghignando «salutaci il contino». Che poi era nobile davvero. E, per la miseria, si vedeva.
– Bene. Gli stampati per gli accertamenti tecnici sono nel primo cassetto a sinistra. Basta riempirli con le generalità della vittima, conducente, veicolo, eccetera. Per il consulente vediamo se è libero il mio vecchio amico Subolino. Oh. Poi, ispettore, bisogna aprire un fascicolo per omicidio stradale. Butto giú il capo d'accusa. Dovremo intanto iscrivere l'autista nel registro degli indagati. Come atto precauzionale, e d'altronde sa come diceva uno dei miei maestri, un vecchio giudice calabrese? Quanno ci scappa 'u morticino, ci vo' sempre 'u processino... Dunque...

Dall'espressione indifferente si capiva che la Cianchetti non aveva colto lo spirito, o che non gliene poteva fregare di meno. In ogni caso, la battuta era fiacca, riconobbe Manrico, e diciamo pure incomprensibile a chi non avesse conosciuto quella macchietta del suo anziano collega. Il magistrato si sistemò alla scrivania e accese il computer. Il tempo di digitare la password, e di inviare il solito affettuoso pensiero ai paranoici della sicurezza che ci hanno rovinato la vita, e ricevette un sms.

– Ispettore, deve scusarmi. Mi ero completamente dimenticato, ma ho promesso a un collega di sostituirlo in udienza.

– Vuole che provi a farlo io, il capo d'accusa?

Il Pm le scoccò un'occhiata perplessa.

– L'ha mai fatto prima?

– Si capisce! – replicò lei, sull'offeso.

– Mi scusi. Sta bene. Si mantenga sul generico, in fondo ne sappiamo cosí poco ancora... Io la raggiungo appena mi libero. Questione di una mezz'ora al massimo.

V.

La sostituzione si rivelò piú impegnativa del previsto. Il collega non si presentò dopo mezz'ora, come aveva promesso. Ma soprattutto, quando, avventatamente, Manrico gli aveva detto di sí, non si era accorto che si trattava di un'udienza monocratica, con un solo giudice chiamato a trattare su una montagna di cause minori. C'era una volta il pretore. Ce n'era uno in ogni paesino. Istruiva le cause di minor rilievo ed emetteva la sentenza. Di colpo, una trentina d'anni prima, il cumulo nello stesso soggetto delle funzioni di accusa e decisione era apparso intollerabile ai puristi dell'equo processo. Via il pretore, dunque. Via anche fisicamente il presidio giudiziario dai paesini: troppo oneroso per poter essere sostenuto, meglio accentrare tutto nei capoluoghi. Ogni reato si giudica con le stesse identiche regole, che sia omicidio o furto di una mela. E cosí, per due ore, fra avvocati d'ufficio estenuati, testimoni furibondi in attesa da tempo immemore, e il presidente, un collega di pochi anni piú giovane di lui, ma di molti centimetri piú basso, che faceva capolino da vertiginose dune cartacee, come un fante assediato dagli Unni, Manrico aveva sostenuto l'accusa in tre ricettazioni di motorini risalenti a sette anni prima e una truffa da milleottocento euro e partecipato all'esame dell'appuntato scelto Sante Schiavon, precipitosamente richiamato da Vipiteno.

– Ricorda che cosa accadde la sera del 20 settembre 2013?

– Veramente, signor presidente, sono passati tanti di quegli anni...
– È autorizzato a compulsare il verbale.
– Grazie, signor presidente... ah, ecco qui. Alle 20.15, insieme al collega Aloisi, ho fermato la signorina Alessia Persichini, che guidava una Smart. Sentii l'alito vinoso e le chiesi di sottoporsi al test, cosa che lei rifiutò di fare. Allora stendemmo regolare verbale.
– Quindi è tutto come sta scritto là?
– Sí, signore.
– Grazie. Ci sono domande, pubblico ministero? Avvocato? No? Grazie, appuntato, può andare.
– Signor presidente.
– Dica, appuntato.
– Appuntato scelto.
– Dica.
– Per il rimborso del biglietto ferroviario...
– Parli con il cancelliere.
– Grazie.

Mezz'ora buona se ne andò in attesa della «traduzione», cioè del trasporto dal carcere, di uno spacciatore di medio calibro, che, infine, non si presentò perché affetto da vomito e diarrea. Il rinvio era d'obbligo, se non si voleva attentare al suo sacrosanto diritto di presenziare al processo. Manrico sbirciò il certificato medico allegato alla comunicazione del carcere, e scoprí che il tipo aveva «espulso» un «microcellulare formato carta di credito». In altri termini, aveva ingoiato, e poi rimesso in libertà, un telefonino di ultimissima generazione. Decisamente, certi criminali fanno proprio una vita di merda!

E, dulcis in fundo, poiché il costoso sistema di fonoregistrazione da poco installato non funzionava per via di uno spinotto, ma il responsabile della cooperativa di servizi titolare del contratto di manutenzione era introvabile e dunque non si poteva procedere alla sostituzione del pezzo difettoso, il cancelliere verbalizzava scrivendo a mano. Il tutto mentre il titolo di un quotidiano che un buontempone aveva abbandonato su un bancone recitava: *L'automazione è roba da archeologia, il futuro è l'interconnessione – sempre più aziende abbandonano l'hardware per convertirsi al lavoro telematico. Ormai si lavorerà da casa. Mai più file, mai più attese, mai più uffici affollati:* BENVENUTI NEL FUTURO!

Il collega ricomparve dopo due ore e Manrico poté riconquistare una relativa libertà. Accese il cellulare, che per correttezza teneva spento durante le udienze, e capí immediatamente che il mazziere gli aveva servito un'altra mano sorprendente al tavolo del destino.

Si affrettò cosí a fare ritorno nel suo ufficio. La Cianchetti si era addormentata, il capo appoggiato sulle braccia conserte. Aveva la fronte contratta e l'aria imbronciata di una bambina. E russava, lievemente. Manrico, malgrado fosse chiaro che lei era una tipa tosta e che sapeva essere anche sgradevole, s'intenerí. Si attivarono comandi imposti da secoli di codice cavalleresco – in fondo, fra i suoi avi c'era pure stata qualche persona per bene – che lo obbligarono a tornare in anticamera, chiudendosi piano la porta alle spalle. Chiese a Brunella di comporre il numero del suo interno, ignorò la perplessità della sospirosa segretaria – ma perché mai il giudice chiama sé stesso dal mio telefono? – e, dopo averlo lasciato squillare cinque o sei volte, rientrò nella sua stanza. La Cianchetti, con l'aria smarrita, stava riemergendo dalle soglie del coma.

– Mi scusi il ritardo. E dia un'occhiata a questa roba.

Manrico le porse il cellulare. Lei inquadrò la schermata e saltò sulla sedia.

OMICIDIO O INCIDENTE? CLAMOROSA SVOLTA NELLE INDAGINI SUL-
LA MORTE DI MARIO BRANS, IL POPOLARE CIUFFO D'ORO.

– Una fonte confidenziale, – lesse a mezza voce Debo-
rah, – ha rivelato che nella dinamica dell'incidente che
stanotte è costato la vita al famoso cantante ci sarebbero
elementi ambigui, tali da far supporre...
– «Truenews». È un blog scandalistico ma di solito ben
informato. La Orru sta cercando di appurare da chi è usci-
ta la notizia, e che fondamento può avere.
– Mangili?
– Può essere.
– A proposito, il primario dice che è pulito. Niente droga.
– L'ha preparato quel capo d'accusa?
– Io... manca qualche dettaglio...
– Be', non fa niente, meglio non andare troppo veloci.
Ci penso io, vada a riposare. Un paio di ore di sonno le
faranno bene. Intanto, farò il punto della situazione con
Orru e Vitale.
Cosí, se n'è accorto, realizzò lei, infastidita. Si è accor-
to che dormivo. Meno male che la telefonata almeno mi
ha svegliata in tempo, sai che figura di merda se entrando mi avesse vista... poi si accorse del suo sorriso, un po'
gentile, molto buffo, e capí che forse l'aveva vista addormentata ma non aveva voluto umiliarla. E quindi si sentí
ancora piú umiliata. Ahó, contino, io vengo dar Tufello,
'ste smancerie riservale alle gatte morte del tuo giro!
– Resto anch'io, – tagliò corto, asciutta.

VI

Gavina Orru era una sarda piccola, compatta, occhialuta, un'autentica maga della rete: se fosse stata dalla parte dei cattivi, per dirla alla romana, Lisbeth Salander le avrebbe spicciato casa. Sandra Vitale era sui quaranta, e con le sue maniere gentili riusciva a far cantare anche i sordomuti. La sua squadra. Ora che non c'era piú Scognamiglio, il coordinamento toccava alla Vitale. Quanto alla Cianchetti, era stato Manrico a presentarla alle sue collaboratrici storiche. Questo accadeva venti giorni prima. La sensazione era che, a pelle, non si fossero prese bene. Ma forse era solo una sensazione superficiale. O forse bisognava dare un po' di tempo al gruppo perché accettasse la new entry. In ogni caso, in quel primo vertice operativo non si respirava un'aria di contesa. Semmai, si percepiva quella sana furia che afferra ogni inquirente degno di tal nome quando si vede scavalcato dalla stampa. Orru aveva fatto miracoli. La voce confidenziale era stata identificata. L'autista non c'entrava niente, pover'uomo. Le cose erano andate cosí: un carro attrezzi aveva trasportato la Iso Rivolta Fidia incidentata al deposito giudiziario di via di Decima. Qui uno dei custodi, un tecnico, o chissà chi, si era accorto di un dettaglio che, nell'immediatezza del fatto, la sera precedente era sfuggito all'esame sommario effettuato in loco dalla Scientifica.

Qualcuno aveva tagliato il tubo che porta il liquido ai freni.

In pratica, i freni erano stati manomessi.
La Fidia era stata sabotata.

Il tecnico, il custode, o chiunque fosse stato, si era lasciato scappare qualcosa con un amico, che ne aveva parlato a un altro amico, e insomma, nel giro di pochi minuti la notizia era finita alle orecchie di qualcuno che l'aveva girata al blog. E ora a Roma non si parlava d'altro.

– Ma esistono ancora i tubi dei freni? – chiese Manrico.
La Cianchetti lo guardò strano. Orru e Vitale, che lo conoscevano come le loro tasche, non mostrarono alcuna sorpresa.

– Voglio dire, – specificò il Pm, – pensavo che ormai tutto fosse governato dalle centraline elettroniche... ah, capisco, questa... Fidia... è una macchina d'epoca, quindi...

– L'epoca non c'entra, – fece, secca, Cianchetti, – il liquido, ai freni, ci arriva sempre dai tubi. Oggi come quarant'anni fa!

– Il giudice non è proprio un appassionato di motori, – si sentí in dovere di spiegare la Vitale.

Tipico, rifletté Cianchetti. Magari da ragazzino a portarlo in giro ci pensava l'autista, al signor contino!

– Senza il parere di un perito, – riprese il Pm, – sarebbe prematuro pronunciarsi.

La Orru si schiarí la voce. Certo. Ci sarebbe voluta una perizia fatta coi crismi della regolarità, e si sarebbe provveduto rapidamente, ma intanto lei, per non perdere tempo, aveva estorto a una sua conoscenza, un sovrintendente esperto di automezzi, un'occhiatina alla Fidia, e il collega aveva confermato. E, nel confermare, aveva escluso che una manomissione del genere fosse il prodotto dell'incidente, o dell'usura del tempo, o, peggio ancora, del caso.

Il Pm e le sbirre annuirono. Manrico si assunse il compito di esternare il pensiero comune. Qualcuno aveva attentato alla vita di Mario Brans. Con successo. E per un pelo non ci aveva rimesso le penne anche l'autista.

– Certo, ci può sempre essere la possibilità che il bersaglio fosse quel Mangili, ma è una possibilità teorica. Facciamo comunque qualche ricerca anche in quella direzione.

– Me ne occupo io, – si offrí Vitale.

In quel momento, Manrico ricevette un sms con il classico invito che non si può rifiutare.

Dieci minuti dopo incontrava un vecchio amico. Un amico che, negli anni, era diventato molto, molto potente.

VII.

Il procuratore capo della Repubblica, Gaspare Melchiorre, elegantissimo nella sua raffinata grisaglia, fu gentile, sorridente, persino affettuoso.
  – Manrico, tu sai quanto ti stimo e ti voglio bene.
  – Sai come diceva mio nonno? Quando il diavolo ti accarezza, l'anima vuole...
  – Ah, ah, ma dài, e io sarei il diavolo! In passato abbiamo avuto qualche divergenza, ma insomma... siamo sempre i ragazzacci di una volta, no? Senti, Rick, ti voglio sul caso Brans. I social si stanno scatenando. Il mio telefono è rovente. Ti ci voglio al cento per cento su questo caso.
  – Brans era cosí importante, eh?
  – Si direbbe. Io manco me lo ricordavo, per la verità.
  – A chi lo dici!
  – Comunque, è il fatto del giorno. E lo resterà per chissà quanto. Per tutto il tempo che ci metteremo a risolverlo!
  – L'incidente...
  – Ma quale incidente! È chiaramente un omicidio.
  – Non posso darti torto. Volevo solo dirti, non so se ti ricordi, che l'incidente stradale era il marchio di fabbrica di certi spioni, quelli dell'ala zozza dei Servizi. Quando volevano levarsi di torno un testimone scomodo...
  – Ma qui si tratta di un cantante, e poi quelli se dovevano truccare truccavano come si deve, qua ce ne siamo accorti immediatamente del tubo tagliato!

– Comunque una perizia va fatta.

– Ho parlato col comandante del Racis, sai in queste cose i carabinieri sono imbattibili. Nel giro di mezz'ora avremo una prima relazione. Ma *ictu oculi* quello è sabotaggio. I social sono già partiti alla carica. Quindi...

– Quindi è deciso: omicidio.

– È deciso. Fra un quarto d'ora diramerò un comunicato stampa in cui informerò che è stato aperto un fascicolo contro ignoti per omicidio e che ti è stato affidato.

– Sta bene.

– Oh, e Rick... finché non avremo risultati concreti, sei esentato dal lavoro ordinario!

– O me lo metti per iscritto o ripeti in modo che io possa registrarti.

– Sempre voglia di scherzare hai! Su, su, ho anche parlato con il dirigente della Squadra Mobile e con il Norm. Disponi pure di loro. Rick, sono nelle tue mani!

– Nel pacchetto è contemplata anche la macchina di servizio?

– *Ça va sans dire*, amico mio.

– Fra cinque minuti davanti alla palazzina A, allora.

– Sarà fatto.

Melchiorre fu di parola. Una Fiat Stilo in condizioni tutto sommato accettabili prelevò Manrico con appena dieci minuti di ritardo. Grazie alla prematura dipartita del fu Ciuffo d'Oro, si avverava il sogno di ogni inquirente: l'esenzione dal lavoro ordinario. Soltanto nelle mediocri fiction il Pm si occupa di un'inchiesta alla volta, magari in un bell'ufficio luminoso, o interrogando i sospetti al bar davanti a un bel gin tonic... nella realtà tutti fanno un po' di tutto, il gioco preferito consiste nell'appropriarsi dei casi da prima pagina e nello scartare quelli insignificanti, e la burocrazia produce danni devastanti. Ma bene, bene, per un po' avrebbe potuto concentrarsi su un unico impegno. Per giunta aveva anche la macchina e l'autista, non solo quando era di turno, ma fino a quando non avesse risolto il caso. Non sarebbe durata in eterno, ma era comunque un buon punto di partenza.

VIII

In ospedale gli dissero che Gilberto Mangili era già stato dimesso. Manrico telefonò alla Cianchetti e le chiese se avesse lasciato un recapito telefonico.

– Se non ho letto male i rilievi della Municipale, dottore, mi sa che il cellulare è andato distrutto nell'incidente. Avevano però un indirizzo, via Tor de' Schiavi. L'autista sbuffò. Evidentemente non gradiva l'idea di una gita in periferia. Non a quell'ora del mattino e con quel traffico. Manrico approfittò dei quaranta minuti di traversata in direzione del quadrante est della capitale per una ricerca in rete. La Iso Rivolta Fidia, come aveva detto la sera prima Mangili, era un modello raro. Ne erano stati assemblati meno di duecento esemplari. Le immagini mostravano una robusta berlina, alquanto scenografica, e comunque molto anni Settanta. Faceva quasi seimila di cilindrata e fra gli *happy few* che ne avevano posseduta una c'era stato John Lennon. Chissà se Ciuffo d'Oro l'aveva voluta a tutti i costi, la sua Iso Rivolta, per sentirsi come il mitico Beatle.

L'uomo abitava al piano terreno di una palazzina di quattro. Edilizia popolare degli anni Sessanta, sobria e squadrata. L'ingresso dava direttamente sulla via, ed era preceduto da un cortiletto con un tavolino e tre dozzinali sedie di plastica. Uno di quei luoghi dove Roma smette di essere la città della grande bellezza e si fa anonima, l'ennesimo campo di smistamento per destini senza gloria. Questo nel giudizio comune. Ma Roma non è, non sarà mai come il resto del mondo. Oggi Tor de' Schiavi, ieri vestigia imperiali; la villa dei tre imperatori Gordiani con le sue cinquanta colonne marmoree; l'epica guerra dei patrizi contro quel protopopulista di Cola di Rienzo. Dove altro ritrovare qualcosa di lontanamente paragonabile? Mangili non era in casa. Un'eventualità che Manrico non aveva calcolato.

– Le offro qualcosa, – propose.

L'invito sembrò addolcire l'autista, che non aveva smesso di mugugnare da quando avevano lasciato l'ospedale. Stazionavano al bancone tre muratori con una tuta sporca di calce, due dell'Est e un orientale. Parlavano a voce alta in un italiano stentato, ridevano, si davano pacche sulla schiena. Il barman, dal suo canto, era un italiano mesto e ingrugnato. Manrico ricordò che a Tor de' Schiavi Pasolini aveva girato qualche scena di *Accattone*. Se fosse vissuto oggi, forse, il vitalismo disperato che tanto amava nei suoi ragazzi l'avrebbe cercato fra gli immigrati. Il Pm pagò e lui e l'autista uscirono dal locale. Mangili veniva loro incontro zoppicando lungo la via. Aveva la testa praticamente immersa in una busta di stoffa con il ricamo di un buffo cane. Quando ne riemerse, impugnava un cellulare di vecchio tipo, un Nokia arancione. Quasi andò a sbattere contro Manrico.

– Dottore.

– Mangili, sono qui per farle qualche domanda.

– Sono andato a comperare questo, – si giustificò l'autista, sventolando il telefonino, – il mio è andato distrutto nell'incidente. Venga, entriamo in casa.

– Grazie Mangili. Se mi lascia il numero, cosí se avessimo bisogno di sentirla potremmo rintracciarla facilmente...

L'uomo glielo dettò e Manrico prese nota. Poi gli chiese se aveva saputo.

– Che hanno tagliato i freni? L'ho letto. È una cosa assurda!

Era pallido. Aveva l'aria disperata e attonita.

– Mi parli di ieri. Il giorno dell'incidente.

– Il dottore era ospite di questo show, *Cercolavoce*. Si registra nello studio di via Poerio. Sono arrivato a casa del dottore intorno alle 18, colla mia macchina, una Up. Il dottore e io siamo saliti sulla Fidia, e io l'ho accompagnato agli studi. Lí non hanno posti macchina interni, cosí l'ho portato davanti all'ingresso e sono andato a parcheggiare. Di solito, noi autisti aspettiamo fuori, accanto alla macchina, per essere pronti se ci chiamano all'improvviso, ma ieri pomeriggio il dottore mi disse che la cosa sarebbe andata per le lunghe, cosí mi disse di approfittarne se avevo delle cose da fare. Avrei anche potuto mangiare una cosa per conto mio. Ho trovato quindi un parcheggio sotto le mura di Villa Sciarra, davanti alla clinica che c'è là, cioè, di fronte, saranno due trecento metri dallo studio di registrazione. Pioveva già. Dopo sono andato a una specie di tavola calda, e ho mangiato qualcosa. Il dottore mi ha chiamato. Aveva finito prima. Ho detto «arrivo subito», ma lui ha detto «dimmi dove hai parcheggiato voglio sgranchirmi le gambe» e cosí ci siamo visti alla macchina. Siamo ripartiti, ed è successo quello che è successo... io credo che...

– Mi dica.

– Magari è colpa mia. Se non avessi lasciato la macchina incustodita, non avrebbero potuto tagliare i freni...

– E questo come fa a saperlo?

– Dottore, – sorrise Mangili, – si vede che lei non è pratico. Quando tagli i tubi, il liquido smette di scorrere, e i

freni non funzionano piú. Puoi fare cinque, seicento me-
tri, e una, al massimo due frenate, e poi...
  – Ne è sicuro?
  – Dottore, lo chieda a chi vuole!
  – Grazie, signor Mangili. Presto la sentiremo nuova-
mente a verbale.
  – Giudice...
  – Dica?
  – Ma lei ha idea di chi... chi può aver fatto una cosa
simile?
  – E lei, Mangili?
  – Non riesco ancora a crederci.

IX.

Durante l'assenza di Manrico, Orru e Vitale, già informate dell'avvenuta formalizzazione dell'inchiesta per omicidio, avevano predisposto un bel po' di materiale, raccolto, per lo piú, dai carabinieri del Nucleo operativo Radio mobile e dalla Squadra Omicidi della polizia. Il procuratore Melchiorre era stato di parola. Poteva davvero contare su uomini e mezzi. Ma non era un po' eccessiva tutta quella mobilitazione? In fondo, non avevano attentato al papa o alla regina d'Inghilterra. Forse era ingeneroso col povero Ciuffo d'Oro, si disse. E forse continuavano a sfuggirgli alcune regole base del sentimento di massa: perché alcuni delitti diventano subito di culto e di altri non interessa niente a nessuno? Mah. Comunque, in ogni inchiesta, è notorio, i primi passi possono rivelarsi decisivi. Nello stesso tempo, alcuni di questi passi sono assolutamente obbligati: il default dell'investigatore, si potrebbe dire. La velocità di esecuzione poteva rivelarsi un fattore decisivo, e quindi era un'ottima cosa che si avessero fatti certi. Vitale si incaricò di riassumerli.

– Come sappiamo, l'olio viene portato ai freni da tubicini. Uno per ogni ruota. In questo caso è stato segato il filo della ruota posteriore sinistra.

La poliziotta squadernò un paio di ingrandimenti fotografici.

– Come si vede da questi segni dentellati, è stato usato
un seghetto di tipo «flex». Nei prossimi giorni i carabinieri ci diranno anche il modello, e se risultano impronte
o tracce comunque utili. Ci sono dei filamenti, pare di tes-
suto. Analizzeranno anche quelli.

Manrico osservò le foto della sezione di tubo, annuí,
poi prese la parola.

– Dal momento in cui il tubo viene tagliato, l'autono-
mia di circolazione della vettura è di pochi minuti. Sono
ammesse tre, quattro frenate, poi il sistema collassa.

Orru e Vitale si scambiarono un'occhiata sorpresa. Il
dottore aveva studiato. Un simile sfoggio di competenza
tecnica non era da lui. Manrico si manteneva impassibile.
Non amava i motori e non amava guidare, e le «sue» poliziotte lo sapevano benissimo. Ma per una volta poteva
divertirsi a spiazzarle. L'autista avuto in prestito da Melchiorre aveva confermato le parole di Mangili, quindi stava bluffando sul velluto.

Le tre poliziotte fecero convergere su di lui le loro espressioni corrucciate. Va bene il nervosismo dell'inchiesta alle
prime battute, ma insomma! Vitale e Cianchetti evitava-
no di guardarsi. Manrico fiutò aria di tensione. I gruppi
appena formati sono problematici, e poi c'è sempre la famosa regola del «tre»: tre individui che collaborano ten-
dono immancabilmente a creare alleanze che ne escludono
uno. Una, in questo caso. Finché l'esclusa è a rotazione, si
può sopravvivere. Quando l'alleanza si radicalizza, allora
si entra nel mobbing, e il gruppo salta per aria. Se ne sarebbe occupato, si ripromise, a tempo debito. Ora incal-
zavano altre priorità.

– Fra il sabotaggio e l'incidente, – riprese, – non può
essere trascorso troppo tempo. Ciò dimostra che il primo

è avvenuto mentre Mangili era a cena. Dobbiamo immaginare un ignoto che fa velocemente il lavoro. Intanto, se non ho capito male, bisogna strisciare sotto il veicolo.

– Sí, dottore, – confermò Orru.

– Il che forse spiega perché il responsabile ha tranciato un solo tubo.

– Uno basta e avanza, – sbottò Cianchetti, – lo sanno tutti!

Orru e Vitale fulminarono la giovane ispettrice con un'occhiataccia. Manrico si schiarí la voce.

– La mia scarsa competenza in materia è nota, vedo, anche alla nostra nuova collaboratrice. Intendevo comunque sottolineare la circostanza per un motivo ben preciso. Si tratta di una manovra che, compiuta en plein air, sotto gli occhi di tutti, potrebbe non passare inosservata. Quindi, il nostro uomo deve aver agito in pochi secondi. Il massimo risultato con il minimo sforzo.

– Come un professionista, – insisté Cianchetti.

– Se mi sta dicendo che io non avrei saputo dove mettere le mani, le do ragione, – Manrico le si rivolse direttamente, – ma, a eccezione di me, tutti i presenti in questa stanza sarebbero stati in grado di eseguire l'opera. Quindi, – concluse, – non mi pare che la parola «professionista» sia adeguata…

Cianchetti arrossí e si tenne per sé una rispostaccia. In fondo, era stata già troppo aggressiva. Orru e Vitale sogghignavano. La tensione fra le tre era evidente. Manrico sospirò e fissò negli occhi Cianchetti.

– Ma se una manovra del genere non passa inosservata, potrebbe essere stata notata da qualcuno. O ripresa da qualche videocamera.

– Ce ne stiamo occupando, – lo rassicurò Vitale.

– Sta bene. Altra questione. Mangili non è rimasto sempre di guardia alla vettura. Chi sapeva che Ciuffo d'Oro avrebbe partecipato alla trasmissione?

– Tutta Italia. *Cercolavoce* è un programma famoso. I social sono pieni di annunci che pubblicizzano gli ospiti della puntata successiva. L'osservazione della Orru fu accolta dal consenso generale. Anche se non era una buona notizia.

– Tutta Italia, – concesse Manrico, – quindi, sulla prima circostanza si può anche immaginare che qualcuno l'avesse messa in conto. Voglio fare del male a Ciuffo d'Oro e lo aspetto dove so che andrà a registrare. Ma posso sapere dove e quando parcheggerà la macchina? Posso immaginare che non ci sia un parcheggio interno? Sí, se faccio un sopralluogo.

– O se lo sto seguendo, – s'inserí Cianchetti.

– Ma questa sempre da dire ha, – sussurrò Orru, a voce abbastanza alta da farsi sentire. Manrico sorrise.

– Commento interessante. L'ignoto potrebbe aver seguito la vittima. Ma sul fatto che Mangili non sia rimasto di guardia alla vettura e lui abbia potuto cosí agire… su quello non può che esserci stata incertezza da parte del nostro uomo. O della nostra donna. E allora, a meno di non cadere nel fantasioso, intercettazioni, film d'azione americani, spie, eccetera, sí, lo seguiva.

– E agisce appena ne ha l'occasione –. Cianchetti era eccitata. – È omicidio premeditato.

– Se diamo per scontato che l'inseguitore volesse uccidere sin dall'inizio, – la rimbeccò Manrico.

– Be', non credo che volesse invitarlo a cena!

– Cianchetti, ma che cavolo, – protestò Vitale.

Manrico la placò con un gesto conciliante.

– È un'ipotesi, Cianchetti, è un'ipotesi, e forse alla fine si rivelerà quella giusta. Ma ho troppi piú anni di lei e ho assistito a fin troppe distorsioni dell'animo umano per potermi fermare alla prima ipotesi.

No, la morale no, pensò Cianchetti, levando al cielo uno sguardo carico di sopportazione. Manrico finse di non accorgersene.

– Concordo con lei su un punto: chi ha seguito Ciuffo d'Oro era animato da cattive intenzioni. Ma... uccidere? Ne siamo certi? Magari voleva provocare una qualche forma di chiarimento. E invece gli si è presentata l'opportunità e... ha deciso di agire. Ma lí, all'impronta...

– Ha usato un seghetto. Se l'è portato da casa, dottore!

– O lo ha comperato nel lasso di tempo in cui Mangili ha lasciato la vettura incustodita? Abbiamo fatto una ricerca nei negozi di ferramenta? Sappiamo se ce ne sono là vicino? Ci siamo almeno posti il problema, Cianchetti?

No. Né Cianchetti né le solitamente efficacissime Orru e Vitale ci avevano pensato. Orru si avventò sul computer e avviò la ricerca. Manrico sorrise. Neanche lui ci aveva pensato, gli era venuto in mente al volo. E non sarebbe servito a niente, perché era probabile che Cianchetti avesse ragione. Quello era al novanta per cento un omicidio premeditato. Ma a volte il leone deve ruggire, quanto meno per ricordare alla foresta il suono della sua voce. Si schiarí la gola e piantò lo sguardo addosso alla Cianchetti.

– E i cassonetti, i cassonetti li abbiamo verificati?

– Su questo posso risponderle io, dottore, – intervenne Vitale.

– Avanti.

– È la prima cosa che abbiamo pensato quando è arrivata la notizia che non si trattava di un incidente. Purtroppo...

– Purtroppo?

– La nettezza urbana li ha svuotati ieri sera, intorno a mezzanotte.

– E che cazz... chiedo scusa, – esplose Cianchetti, – sotto casa mia li lasciano settimane, ce pascolano i sorci, 'na vorta che serviva!

Però ogni tanto te la strappava la risata, la Cianchetti. Manrico riprese il controllo della situazione.

– Va bene. Allo stato, la teoria dell'omicidio premeditato è la piú attendibile. Qualcuno ce l'ha a morte con Ciuffo d'Oro, programma la sua eliminazione e la attua. Chi? Perché? Lo fa di persona? Paga qualcuno? Ecco quello che dobbiamo scoprire. Guardate, l'omicidio è un punto di non ritorno. Necessita di forza, di freddezza... e da dove possono venire mai questa forza, questa freddezza, questa decisione... se non dal passato... noi dobbiamo scavare a fondo nella vita del signor Diotallevi, alias Brans, alias Ciuffo d'Oro. Perché è molto probabile che da qualche parte in quella vita si nasconda il baco... l'origine del delitto. Di conseguenza Mangili, che gli era molto vicino, l'uomo di fiducia, il Figaro della situazione, diventa importante per noi.

Vitale sorrise. Quanto alla Cianchetti lo guardò storto: e mo' chi cappero è 'sto Figaro? Manrico riprese, con un mezzo sorriso.

– Risentiremo Mangili, e tutti quelli che erano legati alla vittima, i familiari, la gente che lavorava con lui... Vitale, che sappiamo della sua famiglia?

– Ha un figlio che vive a Londra avuto da una prima moglie che è morta, e una figlia con l'attuale compagna, anzi, moglie, ha sposato pure questa, sí, le due vivevano insieme a lui qui a Roma Prati...

– Sul lavoro?

– Ho trovato un paio di articoli in rete, dottor Spinori. A quanto pare, il morto era legato a un certo Cuffari, una specie di agente, manager, qualcosa di simile.

– Bene. Acquisiamo i tabulati e li mettiamo tutti sotto intercettazione. Facciamo partire anche le ambientali. Moglie, figlia, il figlio inglese quando rientra in Italia e naturalmente Mangili. Cianchetti, per non lasciare niente in sospeso, lei si faccia un giretto presso gli studi di via Poerio, dove registrano quel programma televisivo.

– Ci sono tre ferramenta là intorno, oltre mi sembra inutile cercare, – annunciò Orru, emergendo dallo schermo.

– Si occupi anche di questo, Cianchetti, – ordinò Manrico.

x.

In un altro tempo, precisamente l'8 agosto 1991, una
nave mercantile di nome *Vlora* aveva attraccato al porto
di Bari. Portava un carico di canne da zucchero cubane.
E ventimila profughi in fuga dall'Albania, devastata dalla
crisi dovuta alla caduta del comunismo. Piú avanti, soprattutto grazie alla meravigliosa accoglienza della gente di Pu-
glia, quell'anomala ondata migratoria era stata assorbita,
e gli albanesi di seconda generazione già si consideravano
italiani a tutti gli effetti. Ma agli inizi era stata dura. Per
qualche giorno i profughi erano stati ospitati (se cosí si può
dire) nell'antico stadio Della Vittoria, richiamato in servizio per l'occasione dopo il pensionamento disposto l'anno
precedente in seguito alla costruzione del nuovo impianto
finanziato coi quattrini dei mondiali di calcio Italia '90.
Una nazione mobilitata per quella che avrebbe dovuto essere l'apoteosi della quinta potenza industriale del mondo.
Peccato che l'unica prodezza nella mediocre carriera di un
attaccante argentino avesse infranto il sogno della notte
italiana. Come il triste presagio di un imminente declino.
Comunque. Fra gli speranzosi che si accalcavano su quelle gradinate c'era una ragazza di poco piú di vent'anni:
Alina Bukaci. Che ora, a metà pomeriggio, sedeva davanti
a lui, composta e addolorata, accanto alla giovane figlia.
Erano nell'ampio salone dell'elegante villa liberty del fu
Ciuffo d'Oro, in via Ovidio, nel cuore del quartiere Prati.

La mano di un architetto alla moda si notava nella distribuzione delle suppellettili e in una insospettabile sobrietà dell'insieme che Manrico faticava a collegare all'artista un po' pacchiano che il padron di casa era stato in vita. Il Pm aveva voluto accompagnare i quattro carabinieri designati alla perquisizione di routine. Esserci di persona era il modo migliore per osservare le due donne nel loro habitat.

Rispetto alle immagini di Alina Bukaci che giravano in rete, la ribalda giovinetta dai seni prosperosi e dai lunghi capelli rossi, la cantante venuta dall'Albania, l'indiscutibile bellezza selvaggia che aveva fatto perdere la testa al già maturo Mario Brans aveva ceduto il posto a una cinquantenne levigata, persino ossuta, palesemente transitata dalle amorose cure di un qualche chirurgo estetico di valore. Evoluzione da lacera migrante a dama del castello o resa all'inesorabile incalzare del tempo? O entrambe le cose? Quanto a Clara, era molto graziosa, eppure meno prorompente rispetto alla madre quando aveva la sua età: probabile che le giuste scuole e l'ambiente adatto avessero smussato, in lei, la ruvida sensualità di Alina. Appariva molto abbattuta dalla scomparsa del padre. Pallida. Faticava a trattenere le lacrime. Alina, invece, era piú padrona di sé.

Manrico formulava con tono dolce le domande di rito. A sentire la vedova – parlava quasi solo lei, d'altronde – la situazione familiare era idilliaca. Stefano, ovvero Mario Brans, era l'uomo migliore del mondo, premuroso, affezionato, gentile. Artista, certo, artista nel profondo, e in quanto tale un po' matto, ma si sa, non vogliamo mica negare al genio quel pizzico di follia... si erano conosciuti subito dopo lo sbarco, per puro caso. Alina, appena liberata dallo stadio, era stata affidata a una famiglia di lontani parenti, gente del Salento. C'era una sagra di paese, e lei si era esibita in un paio di canzoni. Qualcuno aveva girato un piccolo video con una cinepresa amatoriale. Ciuffo d'Oro era incappato in quelle immagini improvvisate e in quattro e quattr'otto aveva divorziato dalla prima moglie, Tina Morini. Wikipedia la dava per scomparsa nel 2017, a seguito di lunga malattia.

– Poi è arrivata Clara, e io ho smesso di esibirmi.

– Le è costato molto?

Madre e figlia si scambiarono un'occhiata intenerita.

– Lei è tutta la mia vita, dottore. Specialmente adesso che Stefano non c'è piú!

Madre e moglie esemplare, e finanche la battuta giusta al momento giusto. Non era un po' troppo perfetto, quel quadretto familiare? Cianchetti, per intenderci, avrebbe detestato tanto miele. Stava per porre l'ultima domanda quando ricevette una chiamata sul cellulare. Si scusò con le due donne e si appartò.

– Richè?

C'era una sola persona al mondo che poteva chiamarlo Richè, e a volte persino Richetto. Bruno il macellaio.

– Bru', mo' non posso.

La voce di solito cavernosa del suo vecchio amico suonava stranamente afona.

– Sta qua da me.

– Chi?

– La contessa.

– Ah. E…

– C'ha un assegno…

– Un assegno? Un assegno di chi?

– È di Camillo.

– Quanto, stavolta? – sospirò Rick.

– Duecento euri.

– Vabbè... lei come sta?

– 'A contessa? Agitata, come sempre. Che devo fa', Ri'?

– Puoi provvedere tu? Io passo...

– Ce mancherebbe, Richetto! Ce penzo io. Te passa quanno te pare!

Chiuse la conversazione scuotendo la testa. Se è vero che ognuno cerca a modo suo di allontanare l'idea della fine, il modo che aveva scelto la contessa era decisamente il piú costoso. Il guaio era che Manrico non poteva infischiarsene e basta. La contessa, dopotutto, era sua madre.

– Tutto a posto, dottore?

La Bukaci lo scrutava, con un'aria che gli sembrò eccessivamente preoccupata. Come tale, almeno, la interpretò per istinto.

– Signora, ha qualche sospetto su chi possa aver voluto la morte di suo marito?

Lei esitò, si morse un labbro, poi fece cenno di no.

– Non è necessario mettere a verbale, in questa fase, – aggiunse Manrico, come se avesse intuito un varco, – ma se lei pensa che qualcuno...

– Non riesco proprio a pensare a nessuno che potesse odiarci al punto da... da uccidere una persona magnifica come Stefano... – concluse lei, dopo una breve pausa.

Non c'era altro da aggiungere. Furono introdotti i domestici, Mandi e Shobba Kumar, indiani, riservati, fieri, marito e moglie, sui cinquanta. Il giorno precedente erano a Latina, per il matrimonio di un cugino.

– Sposa una donna sikh, – sottolineò l'uomo, con una smorfia di disappunto, – noi siamo indú.

– Ma è un bravo ragazzo, sí, signore, un bravo ragazzo, – si sentí in dovere di sottolineare la donna.

Rivalità etnica a parte, si trattava di due onesti lavoratori incensurati, quei due erano sinceramente affranti.

Quando uscí nel giardino della villa, Manrico si vide venire incontro un giovane, atletico maresciallo che gli porgeva, tutto eccitato, una tronchesi. Sottinteso: con questo attrezzo potrebbero aver tranciato il tubo dei freni. Lanciò all'aitante militare uno sguardo neutro.

– Ha i denti, questo attrezzo?

– Prego, dottore?

– È una sega dentellata?

– No.

– E allora è inutile sequestrarlo.

– Sissignore.

XI

Nelle tre ferramenta circostanti il luogo del delitto, nel giorno del delitto, non erano stati venduti seghetti di tipo «flex», e nemmeno seghe circolari, forse compatibili con l'arma del delitto. Era altamente probabile che l'assassino si fosse portato lo strumento da casa. La tesi della premeditazione prendeva corpo. Dopo l'infruttuoso accesso ai negozi, Cianchetti andò a caccia di informazioni negli studi televisivi di via Poerio. Studi piccoli, niente a che vedere con Rai, Mediaset e non parliamo poi di Cinecittà, le spiegò Marta, una tizia in leggings neri e giubbotto e con i capelli un po' rosa e un po' verdi che si era qualificata come «segretaria di produzione».

Sarà anche stato uno studio piccolo, ma a Cianchetti, che non ne aveva mai visto uno dal vero, non fu risparmiata una notevole emozione. La televisione, dopo tutto, era il sogno di una buona metà delle persone che lei frequentava e conosceva, incluse le amiche con cui era cresciuta. La televisione. La televisione non è roba per ragazze serie, diceva l'altra metà delle sue conoscenze. Quelli che sognavano la televisione erano i piú simpatici. Deborah stava istintivamente con loro. Concentrata nella perlustrazione d'ambiente, andò a sbattere contro un tizio basso e grassoccio coi capelli bianchi e un'inverosimile frezza nera. Lei si scusò. Quello la fissò con aria dapprima critica, poi interessata, e infine si rivolse a Marta con una vocina che sembrava lo squittio di un topolino e le chiese se alla sua amica andava di sottoporsi a un provino.

– Sono un'ispettrice di polizia, – lo bloccò Deborah.

– Una vera?

– Verissima.

– Uh, Madonnina mia! Te ce vedo in una scena sexy col pistolone, *pum pum*! Ciao, carine!

Marta gli sbarrò il passo.

– David, l'ispettore sta indagando sull'omicidio del povero Ciuffo d'Oro.

– Oh, povero caro! Che brutta fine che ha fatto! Qua siamo tutti sconvolti!

– Lo pensa davvero? – s'inserí Deborah.

Il tizio la squadrò con un vago disprezzo.

– Certo, carina. Anche se non si vede. Capisci, *the show must go on*! Ciao, tesoro!

Marta allargò le braccia.

– David è fatto cosí, prendere o lasciare.

– È un regista?

– Autore. È quello che s'è inventato tutti i reality piú di successo. Sta dietro le quinte ma è molto influente. Secondo me, lei ha fatto colpo.

La poliziotta alzò le spalle e si guardò intorno. Vide sfilare sotto i propri occhi una specie di ministero in piccolo. Corridoi ingombri di fili e tecnici che spostavano enormi macchine da presa montate su cavalletti, strutture rialzate coperte di linoleum sulle quali giacevano mucchi di lampade, centraline di regia popolate dalle luci intermittenti di decine di schermi accesi sui principali canali satellitari e terrestri, salottini con poltroncine rosse e su bassi tavolini cartoni da bar con avanzi di cornetti, una sala trucco con parrucchiera impegnata a pettinare un volto noto dei pomeriggi televisivi. E dappertutto gente che andava e che veniva, con aria indaffarata, e che sembrava non accorgersi nemmeno della sua presenza. Marta, intanto, continuava ad aprire una porta dopo l'altra, spiegando e illustrando, con la sua voce bassa da fumatrice.

– Il nostro è un service indipendente che cura decine di programmi anche per reti importanti, produzioni in outsourcing, viviamo del nostro lavoro, chi si ferma è perduto e noi non possiamo perderci, la puntata che abbiamo registrato ieri doveva andare in onda sabato ma abbiamo deciso di anticiparla, se viene con me gliela mostro in anteprima.

– Potrebbe farmene una copia?

– Mi dia un indirizzo e le mando il link.

– Lei c'era, ieri dico?

– Questo è lo studio tre, qui, come vede, registriamo il talk-show del mercoledí, *Oggi è già domani*, quello che ogni volta ha un ospite minorenne che mette in difficoltà l'esperto di turno con le sue domande imbarazzanti, l'avrà visto, no? Come diceva, scusi?

– Lei c'era, ieri? Ha visto la puntata con la vittima?

– Certo.

– E?

– Tutto normale. Lui era simpatico e sciolto come al solito. Nessun problema. Niente di niente.

– Sa quando è arrivato Brans?

– Io l'ho visto già dentro lo studio, saranno state le sei e mezzo.

– Quanta gente lavora qui?

– Dipende.

– Da che cosa?

– Dal tipo di programmi, dalle stagioni, dai contratti…

Alla parola «contratti» sul volto di Marta si era disegnata una piega amara. Cianchetti chiese lumi. Lei rispose che lí erano tutti precari. Assunti per tre mesi, poi licenziati pro forma ed eventualmente riassunti dopo un po', per evitare la regolarizzazione e i sindacati sempre in agguato.

– Lavorate molto?

– Anche dodici ore certi giorni.

– Per curiosità, quanto prende una come lei?

– È un'informazione che temo di non essere autorizzata a rivelare. Sul serio, non vorrei avere problemi.

Deborah rimase interdetta. Ma che, comandava la mafia là dentro?

– Lei sarebbe in grado di procurarmi l'elenco di tutte le persone che ieri si trovavano in questi studi, diciamo, fra le diciotto e le venti, venti e trenta?

Avevano completato il giro ed erano ritornate al punto di partenza, il piazzale transennato – «i lavori non sono ancora ultimati», aveva precisato sempre Marta.

– Lei vorrebbe i nominativi...

– Di tutti, Marta. Di tutti.

Marta sorrise.

– Se c'è una cosa che funziona qua è la vigilanza. Hanno un registro di tutti quelli che entrano ed escono e degli orari di ingresso e di uscita. Cosí ci controllano meglio, ma non dica che gliel'ho detto, per carità.

– E il pubblico? Quelli che vengono ad assistere alle registrazioni?

– Trattengono un documento e rilasciano un «pass».

– Può farmi avere quell'elenco?

Accompagnò Marta al gabbiotto, e mentre lei confabulava con gli addetti, si accese una sigaretta. Aveva appena tirato due boccate quando quasi si scontrò con un ragazzo che si stava avviando all'uscita, e che, impegnato com'era in una conversazione al cellulare, non s'era accorto di lei.

– E guarda 'ndo vai, ahó!

E protestava pure, il pischello! L'aveva travolta, distratto, e protestava pure! Cianchetti stava per rispondergli per le rime, quando l'altro impallidí e si fece ancora piú piccino del ranocchio stempiato che era.

– I... ispetto', me deve scusa', non m'ero accorto...

Anche lei, osservandolo meglio, lo riconobbe. Pinocchietto. Un piccolo spacciatore del Pigneto che Deborah aveva sbattuto al gabbio – ma forse il contino Manrico avrebbe preferito «gentilmente associato alle patrie galere» – almeno quattro volte.

– Ciao Pinocchiè? Che ce fai qua?

– Lavoro, ispetto', lavoro.

– E che lavoro fai? Il lavoro tuo solito o te ne sei inventato uno pulito, a 'sto giro?

– Pulito, ispetto', – ridacchiò il tipo, a suo modo possessore di un certo blando umorismo, – me chiamano Mastro Lindo pe' quanto 'so pulito...

– Dimme un po', ma ieri tu stavi qua?

– E se capisce!

– E hai visto il cantante, Ciuffo d'Oro, quello che hanno ammazzato?

– Porello, che brutta fine che ha fatto! No, io ieri stavo a lavora' a un altro studio, nun so gnente de 'sta storia...

Tornò Marta, salutò Pinocchietto e consegnò a Deborah una carpetta con alcune fotocopie.

– Ispetto', – pigolò Pinocchietto, – se nun ve servo piú...

Deborah annuí. Il pusher a suo dire redento si eclissò. Marta, a domanda, confermò che era un bravo ragazzo, sempre gentile e disponibile, magari un po' grezzo, ma d'altronde la maggior parte delle maestranze che lavorano in Tv non ha frequentato il Trinity College. Deborah e Marta di strinsero la mano.

– Sono centotrentacinque nominativi fra fissi e ospiti, – precisò la ragazza, – li ho contati. E sessanta per il pubblico.

Dunque circa duecento individui da spizzare, studiare, verificare. Deborah aveva già in mente un paio di agenti di prima nomina ai quali scaricare la rogna. Marta non lasciava andare la sua mano. Deborah la guardò con aria interrogativa.

– Milletrecento euro, ispettore, – sussurrò la ragazza, – prendo milletrecento euro compresi gli straordinari.

– Non è molto.

– È una miseria, con una laurea in Scienze della comunicazione. Secondo lei c'è posto in polizia?

XII.

All'incirca all'imbrunire, Manrico entrò in un anonimo bar di viale Ippocrate, nel quartiere Nomentano-Italia, si accostò a un tavolino addossato a una parete di freddo piastrellato giallastro, si schiarí la voce e assestò una pacca sulla spalla di un omone intento a sorseggiare con aria afflitta un'acqua tonica.

– Richè, te possino! Guarda che non c'era mica fretta!
– Come stai, Bru'?
– E come devo sta'? A merluzzetto lesso e brodino, mortacci loro, io che me facevo mezzo chilo de amatriciana a pranzo e cena! E meno male che oggi armeno nun c'è stato sciopero degli auti, che ieri manco me so' potuto move da casa, mortacci loro!

Da cinquant'anni Bruno conduceva una piccola macelleria nel mercato coperto di via Catania, ed era da sempre il fornitore di fiducia degli Spinori. Lui e la contessa avevano la stessa età. Manrico era convinto che l'avesse amata e venerata in silenzio per tutta la vita. Era un vecchio comunista, di quelli che non ci sono piú, e un grande tifoso della Roma. Quando Manrico era ragazzino, gli aveva insegnato i rudimenti del dialetto del Belli e l'amore per la maglia giallorossa: argomenti tabú nella sua aristocratica famiglia. Se mai era esistito un popolo romano generoso, altruista e signorile nell'animo, lui ne era l'emblema.

– Che ti offro?

– Ma niente, Richè, niente. Sto bene cosí!

– E de 'sta Roma che me dici?

– Ahó, e che te devo di'! Un giorno sembra che spacchiamo il mondo e il giorno dopo 'no schifo. Quanno a tordi e quanno a grilli, no? Certo, mica c'avemo li sordi de quell'artri. E poi con noi l'arbitri ce l'hanno sempre. E sai perché? Perché semo romani!

– E il partito?

– Quale partito? – si rabbuiò Bruno. – Che esiste ancora un partito? Tu l'hai incontrato? Si lo vedi, salutalo da parte mia!

Il Pm mise mano al portafogli e ne estrasse due banconote da cento.

– Duecento, no?

– Senti, ti volevo dire...

– Dài, Bruno, falla finita. Duecento.

Senza dire una parola, il macellaio gli porse l'assegno: era firmato Camillo Angelini. A differenza di altre volte, il titolo non era spiegazzato o coperto di macchie, e la firma non era grossolanamente imitata, ma sembrava addirittura autentica.

– Stavolta l'ha fatto a regola d'arte, – commentò Manrico.

– E quello te stavo a di'! Secondo me mica è falso!

– Ma figurati! Camillo sa benissimo come deve comportarsi. Ho dato istruzioni precise!

– E tu te fidi?

– A Bru', e pijate 'sti euri, che sto de prescia!

– Tutti sempre de prescia ite! – borbottò Bruno, intascando le banconote. – Che stai a indaga' su quer cantante?

– Preciso.

– Guarda, te dico 'na cosa: quello era 'n fijo de 'na mignotta!

– E tu che ne sai?

– Era de quartiere, testaccino, come me. Me lo ricordo da pischello, se moveva come un mezzo frocio, ma era tutto un trucco. Quello pe'r pelo era capace da vennese la madre.

– Davvero, Bru'?

– 'Na specie de martello pneumatico, nun so si me spiego.

– Te spieghi, te spieghi.

– Poi capisci che a uno cosí je tajano i freni... me dispiace pe' quer poraccio che stava a finí puro lui all'alberi pizzuti... oh, quanno pijate quer fijo de 'na bona donna, 'o dovete condanna' peggio pe' l'omicidio mancato che pe' quello riuscito!

– Ho sempre saputo che hai uno strano senso della giustizia, Bruno.

– Ricordate, Richè, io so' incensurato!

Nella vox populi si trattava della morte di un donnaiolo. Come sempre: oro o passione, priffe o pelo. Per il momento, però, di oro, anche se il de cuius non pareva proprio un poveraccio, non se ne era parlato. Il melomane che albergava dentro di lui pensò, per riflesso automatico, al principe dei seduttori. Don Giovanni. D'altronde, per Manrico era abituale perdersi in simili pensieri. Il suo credo era rigoroso: non esiste esperienza umana – delitto incluso – che non sia già stata raccontata da un'opera lirica. Bisogna individuarla. E rimettere al centro della scena il melodramma della realtà. L'opera di riferimento per la morte di Mario Brans poteva dunque essere il *Don Giovanni*? E in tal caso, c'era un Commendatore? Il morto vivente che sotto forma di statua compare e accetta l'invito di don Giovanni, il suo assassino? E chi era la statua uscita dall'avello per trascinare il reprobo negli Inferi? Se ci fosse stato ancora il suo fido maresciallo Scognamiglio ne avrebbero parlato insieme. Scognamiglio avrebbe saputo scandagliare nella vita del morto, e insieme avrebbero scoperto la vena aurifera. Ma gli toccava la Cianchetti. E quindi doveva tenersi per sé la lirica e annesse intuizioni. Che non si addicono a un sostituto procuratore della Repubblica. Un sostituto procuratore della Repubblica dà la caccia ai delinquenti, investiga sui reati, e, secondo certi fanatici del *law&order*, quando non ne trova abbastanza, li fabbrica: perché tanto a scavare, del marcio si troverà sempre, persino nella persona all'apparenza piú insospettabile e irreprensibile. Avesse divulgato la sua Weltanschauung, avrebbe incontrato unicamente scetticismo. E forse sarcasmo e maldicenza. Merci che non scarseggiavano, e anzi abbondavano, a Palazzo di Giustizia. Certo, avrebbe sempre potuto raccontare che il serial killer tirolese Hofs l'aveva catturato ascoltando e riascoltando ossessivamente *La Wally* di Catalani, finché non gli era venuta l'idea giusta. Ma non gli avrebbero creduto. Troppo complicato.

Pensiero dopo pensiero, era frattanto giunto sul lungotevere. Aveva licenziato l'autista per farsela a piedi. Un po' di moto non poteva che giovargli. Stava vergognosamente trascurando la forma fisica. Doveva fare qualcosa. Intanto, godersi quella passeggiata. Una serata incredibilmente mite, le luci dei lampioni gialli che si riflettono sulle acque scure del fiume, qua un angelo del Cellini, là un portale del Borromini, lassú una suggestione caravaggesca, quaggiú il rapido guizzare della codina d'un sorcetto... inutile. Non si sarebbe mai abituato alla magia stregonesca di Roma. Era pronto a lasciarsene stupire, conquistare, invadere come quando, da ragazzino, scopriva la fontana di piazza Navona o il ponte dei Quattro Capi. Maledetta sia la struggente bellezza di Roma nel crepuscolo.

Mentre varcava il portone di palazzo Van Winckel, la dimora degli avi, si sentiva incomprensibilmente pieno di vita. Meglio – o peggio: euforico.

Prima che Camillo riuscisse a informarsi se «il contino» intendeva «desinare» in casa, Manrico gli sventolò sotto il naso l'assegno che aveva riscattato da Bruno.

– Dovresti prestare piú attenzione alle tue cose, Camillo.

Il maggiordomo arrossí e chinò il capo. Manrico comprese all'istante che Bruno il macellaio non si era sbagliato. La firma era autentica. Sua madre non aveva rubato. Era stato Camillo a darglielo.

– Eppure mi era sembrato di essere stato chiaro!

Camillo sollevò due occhi da povero cane in cerca di una carezza pietosa.

– Lei ha solo questo, – sussurrò, – non le è rimasto altro.

Manrico sospirò. Sua madre era una ludopatica diagnosticata. Lo era diventata. In origine era forte, decisa, un'architetta d'assalto, politicamente incline all'estremismo – ma era la stagione in cui nella classi elevate si era diffuso il virus della rivoluzione – come madre talora fredda, addirittura spietata. Da adolescente, Rick l'aveva temuta, ma era sempre stato certo che avrebbe potuto comunque contare sulla sua complicità. Poi il demone del gioco s'era impadronito di lei. Non esistono ragioni precise, quando accade una cosa simile. O forse sí, ma in ogni caso né lui né suo padre, Giacomo, che pure l'aveva amata tanto, erano riusciti a scoprirle. E cosí, dopo la morte di Giacomo, quando la malattia era degenerata, avevano perso tutto. Compreso il palazzo nel quale il fondo che ne era divenuto proprietario gli consentiva di continuare ad abitare. Uno dei principali investitori era un anziano avvocato, un raffinato collezionista che mezzo secolo prima, anche lui come Bruno, era stato perdutamente innamorato di Elena. Com'era bella, un tempo, sua madre!

Camillo gli posò una mano sulla spalla.

– E poi, quanto le resta ancora da vivere?

E cosí, ancora una volta, la maledetta pietà, il maledetto ricatto del sentimento esigeva il suo tributo di sangue. Era stufo di cedere. Certo, non era il caso di prendersela con Camillo dall'umido ciglio. Ma con la vecchia pazza era tutta un'altra questione.

– Mamma! – gridò, salendo a passo di carica lo scalone che conduceva agli appartamenti della contessa. – Mamma, devo parlarti! – E sperava che il tono apparisse abbastanza severo da lasciar trasparire l'indignazione.

Lei era sulla soglia, in vestaglia rosa, babbucce con pompon ai piedi, e si gingillava vezzosamente con la lunga treccia bianca. Nel vedere il figlio, l'unico figlio, il suo volto aguzzo si distese in un sorriso accogliente.

– Tesoro, non puoi immaginare. Ho vinto cinquecentomila lire!

– Vorrai dire duecentocinquanta euro.

– Ah, sí, scusami, no, ho detto cinquecento, cinquecento euro, tesoro.

E quando il sorriso da accogliente si fece di una luminosità celeste, per l'ennesima volta Rick comprese che combattere non sarebbe servito a nulla. Si poteva soltanto resistere, per quel che valeva.

– Brava, – le concesse, addolcendosi un poco.

Lei sembrò apprezzare, poi nei suoi occhi scuri passò un lampo furbo.

– Spero che ti cambierai per cena, Manrico.

E infine gli chiuse delicatamente la porta in faccia.

XIII

Il professor Gatteschi diede il la e la giovane assistente affondò il bisturi nella cassa toracica. L'autopsia, come imponevano le regole, cominciava con l'incisione a Y. Questo, beninteso, sempre che si disponesse di un cadavere in condizioni accettabili. Gatteschi, per non perdersi qualche dettaglio importante, registrava le sue considerazioni sull'iPhone. La ragazza eseguiva con il massimo scrupolo le istruzioni del prof.

– Frattura numero uno...

Manrico si avvicinò al tavolo settorio. In trent'anni di frequentazione del post mortem aveva imparato a controllare la nausea. Il mistero dei corpi inerti continuava a esercitare su di lui una sorta di perverso fascino. In un omicidio con pistola, per dire, si parte dal cadavere per farsi un'idea del quadro generale. L'arma usata per colpire, la distanza fra lo sparatore e la vittima, la durata degli spasmi dell'agonia, il luogo e il tempo in cui l'azione fu consumata, le eventuali tracce biologiche rilasciate dal carnefice. Tutto questo aiuterà a comprendere l'azione (o forse la reazione) e ad assicurare alla giustizia l'autore del crimine. Un affare di medici, chimici, tecnici di laboratorio. E, ovviamente, sbirri. Ma le ragioni, i motivi che hanno indotto la trasformazione da essere vivente a sostanza inerte, la causale, o le causali... ecco qualcosa che non si può chiedere a un cadavere. Il perché sta altrove. Sta negli esseri umani, nelle loro passioni, nei sentimenti, nell'amore e nell'odio, nella perversione e nella negligenza, nella volontà e nel caso, persino. Solo una meticolosa ricostruzione di questa fitta trama può dare un senso al finale, e spiegare se quel cadavere è l'esito di un lungo tormento, il logico sviluppo di una catena di antecedenti, l'improvviso smottamento di un terreno che sembrava solido, la crepa che si spalanca inattesa e imprevedibile nel bel mezzo di un'autostrada appena collaudata o semplicemente la bizzarra punizione inferta a caso da un Dio ombroso e sclerotico. Stavolta, poi...

– Per essere un quasi settantenne, era abbastanza in forma, – concluse Gatteschi.

– Fegato? Bile? Vogliamo controllare i fluidi?

– E perché? Mica l'hanno avvelenato!

Cianchetti aveva incrociato un noto pusher, ecco perché. E non è che avessero ancora le idee chiare, ecco perché.

– Un mio scrupolo. Dài, facciamo 'ste analisi.

– C'è la fila fuori dall'uscio, mio caro.

– Le aspetto per domani, amico mio.

– Guarda che non siamo al mercato.

– Hai già detto di no a Melchiorre quando ti ha pregato di anticipare l'autopsia. Vuoi proprio farlo incazzare?

– E quando mai te n'è fregato qualcosa di Melchiorre?

– Be', – scherzò Manrico, – mi ha messo a disposizione l'auto di servizio...

– Appunto. E tu falla durare più a lungo, no? Più tempo, più auto...

– Su, non farti pregare...

– Brancolate nel buio? – ironizzò l'anatomopatologo.

– Attualmente non c'è ancora nessuno nel mirino, – ironizzò lui, di rimando.

– Rick, i tempi tecnici, su quelli non posso fare niente, se vuoi un'analisi come si deve.

– Sei il migliore.

– Facciamo lunedí mattina, allora.

– Grazie.

– Forse.

– Forse? Hai aggiornato il dizionario per caso? Prima non la conoscevi questa parola...

Manrico si avviò all'uscita. Mentre attendeva l'arrivo di un ascensore dalla lentezza biblica, lo raggiunse l'assistente. Era una ragazza sui trenta, corpicino da palestra, occhi grigi, capelli slavati in perfetto ordine. Per qualche misteriosa ragione, anche se erano ormai un paio d'anni che faceva pratica all'ombra di Gatteschi, Manrico non era ancora riuscito a memorizzarne il nome.

– Dottore, le posso chiedere una cosa?

– Dica.

– Perché viene sempre alle autopsie?

– Perché fa parte dei miei compiti istituzionali, – rispose lui, asciutto.

– Non tutti i suoi colleghi lo fanno. Anzi...

– Be', diciamo che mi piace vedere coi miei occhi.

– Non è per sfiducia in noi, spero.

– Ma che dice? – protestò, finto scandalizzato. – Gatteschi è un luminare, e oltretutto è un amico.

– Meno male!

Sorrise, di un sorriso che sul momento lui considerò tanto ambiguo quanto promettente, poi arrossí, e si dileguò, come un elfo etereo.

Manrico, però, aveva mentito, quando la dottoressa gli aveva domandato la ragione della sua presenza costante alle autopsie. Un pomeriggio d'inverno di trentadue anni prima, in un'aula universitaria, sotto una luce fredda, un giovane professor Gatteschi, allora assistente, aveva aperto un operaio caduto da un'impalcatura. Un uomo di mezza età ancora con indosso la tuta sporca di calce. Sembrava dormire. Soltanto una piccola crepa al centro della fronte alterava l'apparente compostezza dei suoi rozzi lineamenti: aveva una faccia larga, incrostata di rughe, gli occhi, semiaperti, velati da una stupefatta indignazione. Perché proprio a me, sembravano chiedersi. Fra i giovani colleghi aspiranti magistrati c'erano stati svenimenti, fughe, conati di vomito. Lui si era imposto di resistere, e da allora non se n'era praticamente persa una. La verità è che non l'aveva mai abbandonato il bisogno di mettersi alla prova.

XIV.

Dopo essersi sorbita, pressoché all'alba, il video dell'ultima apparizione televisiva di Ciuffo d'Oro, una melensa chiacchierata sullo spettacolo dei bei tempi andati condita da nomi di cantanti a lei del tutto sconosciuti, Cianchetti era stata spedita da Manrico al terzo piano del brutto fabbricato dell'Appello penale, dove si trovavano i macchinari per le intercettazioni telefoniche.

Per rispondere ai requisiti di legge, le intercettazioni andavano effettuate sugli apparecchi in dotazione alla Procura. Che, naturalmente, non erano mai abbastanza. Ci si metteva in lista d'attesa, e a volte passavano ore preziose, se non giorni, prima che l'ordine venisse eseguito. In questo caso, Melchiorre aveva disposto priorità assoluta. Dunque, avevano scavalcato almeno metà graduatoria. Per quanto detestasse certi metodi, Manrico doveva riconoscere che, in Italia, erano, a volte, l'unica possibile risposta alla cronica disorganizzazione degli uffici.

Cianchetti tardava. E questo poteva significare cose buone – le persone intercettate si erano aperte, sbottonate, e si erano cosí potute captare conversazioni interessanti – o cose cattive: era in corso un'epidemia di mutismo e Cianchetti si era trattenuta nella speranza, magari vana, che da qualche parte spuntasse il vaccino. Approfittò della pausa per consultare la Sibilla del contemporaneo: la rete. Al momento della morte, Stefano Diotal-

levi, in arte Mario Brans, aveva settantaquattro anni. Il
suo misterioso omicidio era fra le notizie piú gettonate.
Migliaia di utenti si sentivano autorizzati a discettare di
Roma capitale della violenza. Anche se si trattava di una
delle città piú sicure del mondo, la rete aveva deciso che
Roma era un incrocio fra Suburra e Gotham City. Per
i piú colti, o solo piú vecchi, peggio della Chicago di Al
Capone. Quanto all'illustre vittima, se ne ricordava l'in-
dubbio talento, si rievocavano con accenti nostalgici le
serate di gioia che aveva regalato alle italiche masse, si
associava il suo nome a una stagione felice in cui il Paese
era meno crudele e piú ingenuo. Un bravo e sincero in-
trattenitore d'altri tempi, un uomo semplice per i cuori
semplici, come Camillo. Mah.

Il declino era cominciato nel '72 o '73. Curiosamente, il
'73 era l'anno della prima grande crisi petrolifera. Manrico
era ancora un bambino. Ricordava la faccia scura di suo
padre, che di colpo sembrava aver perso l'abituale buon
umore, le domeniche a piedi, che lo divertivano tanto, e
quella frase che rimbalzava un po' dovunque: la pacchia è
finita! Tornò a concentrarsi su Brans. Dopo essere passato
di moda, non si era trascinato come un patetico clown triste fra balere in riviera e teatri di provincia. Era stato cosí
abile da mutare pelle in corsa. Prima produttore di artisti
emergenti, poi boss di una casa discografica. Il passaggio
dall'altra parte della barricata gli aveva consentito di ac-
cumulare una fortuna. Si era ritirato, vivendo di rendita,
quando, due anni prima dello schianto mortale, era tornato alla ribalta grazie a Morte a Credito, un giovanissimo
trapper che aveva rilanciato la sua antica hit *Tu col naso
a patatina* (anno 1966) in una versione mixata con un tru-
cidissimo gioco di parole a sfondo sessuale che aveva per
protagonista il tubero nel suo notorio senso metaforico.

L'ultima apparizione di Ciuffo d'Oro in Tv era stata come ospite d'onore del talent *Cercolavoce*, del quale l'anno prima era stato fra i conduttori. Il video dell'evento aveva già raggiunto le quindicimila visualizzazioni. Un sito sovranista insinuava che Ciuffo d'Oro fosse stato punito per le sue posizioni a sostegno della famiglia e contro le droghe. E magari a fare il lavoro sporco era stato un commando Lgbt. In effetti, nelle sue esternazioni se l'era presa spesso con i gay e i drogati. Ciuffo d'Oro aveva avuto molti follower. C'erano messaggi di rimpianto e dolore di donne, anche giovani. Doveva approfondire, scavare, non sarebbe approdato a niente finché quella di Brans fosse rimasta una figurina scontornata su uno sfondo evanescente. Doveva dargli corpo e anima. C'era già un hashtag #ciuffodoromorto fra i trend topic. Quanto lo irritava e divertiva quel linguaggio! Lui se ne era chiamato fuori una volta per tutte. Stava seriamente valutando l'ipotesi di tornare a un vecchio telefonino anni duemila, èra pre-smartphone.

Cianchetti tardava. Manrico decise di non aspettarla. Aveva appuntamento con Alex all'ingresso del tribunale di via Golametto. L'intenzione era di mangiare giapponese da *Zen*, in via degli Scipioni. Il ristorante di famiglia, che tale era paradossalmente diventato dopo la separazione. Un pranzetto a due, padre e figlio, visto che Adelaide era a un forum della Banca Mondiale a Washington.

Ma il ragazzo in questione aveva altri progetti. Si presentò con un quarto d'ora di ritardo e l'aria trafelata.

– Scusami, pa', ma devo andare in studio di registrazione.

– Adesso?

– E adesso lo studio è libero.

Alex, l'aspirante musicista. A un certo punto aveva optato definitivamente per il sogno artistico ed era stato chiaro che non sarebbe mai diventato giudice, ingegnere, architetto, medico o notaio, come sognava la madre. E questo era stato un serio motivo di crisi, fra lui e Adelaide. Quando si era trattato di scegliere a che liceo iscriverlo, c'erano state aspre discussioni. Lei invocava una scuola selettiva. Lui aveva ribattuto che una scuola selettiva è una scuola che ha fallito nel suo compito di portare tutti al traguardo della conoscenza. Tutti, nessuno escluso. Solo il futuro avrebbe assegnato meriti e colpe. Nel frattempo, un padre deve mandare giú un bel po' di pane duro, nella sua vita, e piú il tempo passa, piú duro diventa il pane.

– Ma eravamo d'accordo!

– Recuperiamo uno di questi giorni, eh, pa'?

Due banconote da cento euro passarono rapidamente di mano. Alex ringraziò con un austero cenno del capo. Amava sfoggiare una certa sobrietà di maniere, contrastante con la trasandatezza dei suoi coetanei. Qualche volta era addirittura formale. Retaggio nobiliare paterno o imitazione dell'algore materno? Vallo a sapere.

– Alex.

– Pa'.

– Sai che sto lavorando sul caso di quel cantante?

– Ciuffo d'Oro. Sui social non si parla d'altro.

– Tu che ne pensi?

– Che era un poveraccio.

– Attento. Camillo ci andava pazzo. Ha pianto per lui.

– Povero Camillo. Ma è giusto.

– Che vuoi dire?

– Che era proprio il tipo di cantante che piace a uno come Camillo.

– Tu ne avevi mai sentito parlare?

– Faceva il giudice in quel programma di schifo, ma non conoscevo le sue canzoni.

– Già. Per voi la musica comincia con la Dark Polo Gang.

– Parla per te. A me piace Bruno Martino. Hai presente *Odio l'estate*? Gran pezzo e gran musicista! Tiè, beccate questa, vecchio!

Niente da fare. Alla fine, vincono sempre loro. E meno male! Un bel ragazzo, suo figlio. Alto, fisicamente compatto, capelli crespi, orecchino gentile, tratto gentile, eleganza naturale. Studi musicali discontinui. Progetto esistenziale: diventare una rockstar o, in alternativa, il nuovo Ennio Morricone. Fonte di perenne dissidio fra i genitori. La madre concreta, lui piú incline ad assecondare i sogni. Era felice, Alex? Si può essere felici a questo mondo?

Rientrò in ufficio con quel vago senso di malinconia che immancabilmente gli restava appiccicato dopo ogni incontro con il figlio. La squadra investigativa al completo era schierata: Vitale, Orru e un'eccitatissima Cianchetti che brandiva una pen-drive.

– L'uccellino cantò, – annunciò, grave, la piú compassata Orru.

– Stamattina mamma e figlia so' uscite presto, – spiegò Cianchetti.

– Abbiamo un'intercettazione ambientale in macchina, – aggiunse Vitale.

– Una Lexus UX Hybrid in leasing, – puntualizzò Orru.

– E hanno parlato, – concluse Cianchetti, consegnando la pen-drive a Manrico, che la inserí nell'apposita presa del suo Pc.

XV.

Rumori di fondo. Accensione del motore.

CLARA Ma proprio cosí presto ci dobbiamo andare?

BUKACI Prima ho parlato con quello delle pompe funebri. Ha detto che dopo le nove chiudeva perché ha una funzione. Dobbiamo sbrigarci. E che cazzo, guarda dove vai, testa di cazzo!

CLARA Attenta, mamma, lo stavi mettendo sotto.

BUKACI Vaffanculo, stronzo.

CLARA Speriamo di poter fare presto il funerale!

BUKACI Dipende da quando ci dànno il nulla osta.

CLARA Speriamo quanto prima. Ho quella proposta a Milano.

BUKACI Fai bene, figlia mia, fai bene. Qua a Roma non è aria. Specie dopo questo fatto.

CLARA Hai visto ieri come ci guardavano i poliziotti?

BUKACI Come? Come ci guardavano?

CLARA Come due assassine!

BUKACI Ma che stai dicendo, tesoro mio!

CLARA Sí, proprio cosí, come due assassine! Soprattutto lei, la donna, la poliziotta... mi ha fatto proprio paura.

BUKACI Quella si vede che è una stronza.

CLARA Sí, è cattiva. Se vede. Mamma, loro pensano che noi...

BUKACI Maledetti stronzi, invece di prendersela con noi, perché non arrestano quel bastardo di Matteo!

CLARA Forse abbiamo sbagliato a non parlarne con il giudice, quando ce l'ha chiesto... il giudice sembra piú buono, no?

BUKACI A me sembra un po' coglione, ma tu non devi mai fidarti. Giudici, avvocati, polizia, quelli pensano solo a fregarti!

CLARA Però magari almeno un accenno potevamo farlo!

BUKACI Poggi ci ha detto di tenere la bocca chiusa, e io di Poggi mi fido. Ma se mi gira o se continuano a rompermi le palle, io la storia di Matteo la tiro fuori, cazzo!

CLARA Mamma... ma come hai fatto a sopportare tanto?

BUKACI Lascia perdere, che ne vuoi sapere! Tu hai la tua vita. Ma stammi a sentire: se un giorno deciderai di prenderti un uomo, scegli meglio di me. Non prenderti una merda come Stefano!

XVI.

L'ascolto terminò. Il Pm e le poliziotte si fissarono per qualche istante in silenzio. Poi Manrico lasciò partire un sorrisetto.

– Meglio la parte del coglione o quella della stronza, Cianchetti? Lei che ne dice?

– Sui social me ne hanno dette di peggio, – rispose lei, pronta.

– Faccia come me. Se ne tiri fuori.

Orru prese la parola, riportando la conversazione su binari piú seri.

– Matteo è il figlio di primo letto di Ciuffo d'Oro.

– Sta a Londra, e dovrebbe arrivare domani, – aggiunse la Vitale, – l'ho rintracciato grazie al nostro console e ci ho parlato al telefono.

– Come le è sembrato, Vitale?

– Freddo come una borsa di ghiaccio.

– Se l'altra sera era a Londra, il tubo non ha certo potuto segarlo lui, – osservò Orru.

– Giusto. Che mi dite delle nostre due amiche, madre e figlia? – chiese Manrico.

– Dai tabulati, – rispose Orru, – risulta che al momento del fatto i loro telefoni agganciavano celle piuttosto distanti.

– E quindi, – sintetizzò Manrico, – nessun membro di questa simpatica famigliola può aver materialmente segato il famigerato tubo.

– Però, dottore, – intervenne Cianchetti, col tono assertivo che Manrico stava imparando a conoscere, – tutti e tre possono aver pagato qualcuno per farlo.

– Bisognerebbe rintracciare quanto meno un valido movente.

– Be', le abbiamo sentite quelle due! False come Giuda! Tutte a piangere sul povero morto, e l'uomo migliore del mondo, e qua e là, e poi lo consideravano un pezzo de merda... chiedo scusa, dottore. Ma non sarebbe la prima volta.

– Lo chiederemo al londinese, domani, e ci faremo un'idea... non le fa tristezza tutto questo, Cianchetti?

– Tutto questo cosa?

– Come la gente si odia. Queste registrazioni le girerei a quelli che si riempiono la bocca con il sacro valore della famiglia...

Orru e Vitale annuirono. Deborah dissentiva istintivamente. E mo' ce l'ha colla famiglia, il contino! Stava per sbocciarle sulla lingua una risposta salace, quando l'assalì il ricordo di certe cene in cui suo padre e sua madre non si scambiavano una parola, il tempo era scandito dalla monotonia di gesti tutti uguali, nella piccola cucina angusta impregnata degli odori del cibo di sempre e lei era un'adolescente che scalpitava e non vedeva l'ora che i suoi si spalmassero davanti alla Tv per andarsene a sognare nella sua stanza o, meglio ancora, per scavalcare il davanzale e andarsi a fare una birra con le amiche del quartiere... Famiglia...

– Non tutte le famiglie sono uguali, – esalò, alla fine, anche lei, però, poco convinta.

– Quelle felici o quelle infelici?

Deborah fece una faccia stranita.

– Lasci perdere, Cianchetti. E comunque una famiglia si può rompere, – aggiunse, come se avesse il potere di leggere nel pensiero, – ma senza odio e senza rancore. Qui il povero Ciuffo d'Oro qualche malumore doveva pure averlo suscitato, no?, a quanto pare... A proposito: come stiamo coi tabulati della vittima?

– Li stiamo sviluppando, – spiegò Vitale, – ma c'è un mare di roba, la buonanima parlava con mezza Roma.

– Altre novità?

– Dalla Mobile hanno comunicato che le videocamere dell'albergo, quello vicino a dove ha parcheggiato Mangili la sera del delitto, sono orientate in senso diverso, e non coprono la zona. Ci sarebbero due postazioni sulle mura di villa Sciarra, ma...

– Ma?

– Ma, – sospirò Vitale, – erano disattivate.

– E che cazz... – protestò Cianchetti.

– Capita, – la consolò Manrico, – non se la prenda.

La verità era che, da un certo punto di vista, le défaillance tecnologiche erano una rogna, perché rallentavano l'indagine, e a volte potevano addirittura fulminarla. Ma da un altro punto di vista... senza l'ausilio della tecnologia eri costretto a tornare al pensiero. Al libero pensiero, come amava chiamarlo Manrico. A investigare sull'uomo e non sugli algoritmi. Un esercizio nel quale Manrico eccelleva. E poi, ovviamente, c'era sempre l'opera lirica, a chiudere il quadro. Vitale tossicchiò con discrezione. Manrico sospirò. Stava esagerando con il tenere la testa fra le nuvole.

– Prima di convocare le due gentildonne, acquisiamo un altro po' di materiale, magari hanno ancora voglia di chiacchierare. Sentiamo Matteo Diotallevi e poi a ruota sentiamo Mangili. A proposito, intercettazioni di Mangili?

– Niente. Nessuna telefonata.

– Attività sui social? Precedenti?

– Incensurato, – informò Orru, – vedovo, assente dai social.

– Un uomo solo, – sussurrò Manrico.

E anche questo, senza dubbio, metteva tristezza.

– Il manager di Ciuffo d'Oro, quel... come si chiama?

– Cuffari.

– Lui.

– Ci ho parlato per telefono, – questa era Vitale, – partiva per Singapore, era già all'aeroporto, troppo tardi per sentirlo di persona. Dice bene del morto. Non aveva nemici, eccetera eccetera. Non era presente alla registrazione. Non sa niente di niente.

– Amen. Il sopralluogo agli studi di registrazione, Cianchetti?

– A parte il pusher?

– A parte quello, sí.

– Abbiamo dei nomi, li stiamo controllando.

– Bene.

Orru e Vitale sciamarono via. Cianchetti si trattenne.

– Dottore, senta...

– Dica, dica pure ispettrice... però si può dire anche ispettore o ispettora, lei cosa preferisce?

– Con tutto il rispetto, ispettora mi sa che manco esiste, dottore.

Manrico sorrise, ripensando ad Adelaide e alla sua battaglia per espellere il sessismo dalla lingua italiana. Nobile, indubbiamente, ma dispendiosa, e tutto sommato non cosí decisiva, ai suoi occhi. D'altronde, come dovevano suonare gli argomenti radicali e puntuti della sua ex moglie alle aggressive orecchie della poliziotta?

– Mi scusi, ero sovrappensiero. Allora, mi dica pure.

– È per le intercettazioni.

– Allora?

– Lei ha disposto ambientali e telefoniche, e mi sta bene. Ma non ci autorizza a entrare in casa. Invece, io credo che se potessimo sapere che cosa si dicono, per esempio, madre e figlia quando sono da sole...

Manrico scosse la testa. Le intercettazioni: croce e delizia dell'inquirente. Strumento a un tempo devastante per la sua attitudine a forzare anche la sfera piú intima delle relazioni umane, ma prezioso per attingere informazioni investigative. A volte sopravvalutato – chi non sa di essere esposto al rischio di una captazione, al giorno d'oggi? – altre insospettabilmente decisivo: criminali molto astuti si erano messi la corda al collo con le proprie mani per un sms di troppo o una chiacchiera dal sen fuggita. Ma proprio perché potenzialmente cosí incisive, erano soggette a regole ferree. Ad esempio: non si poteva intercettare qualcuno in casa propria per cercare le prove di un reato già commesso, ma solo se si aveva «fondato motivo di ritenere che ivi si stia svolgendo l'attività criminosa». Vale a dire che il reato sia in corso. Formula ambigua, certo: ma cosa non lo è, nel mondo giudiziario?

– È vietato dalla legge, lo sa anche lei, Cianchetti.

Si salutarono sulla soglia, accompagnati dallo sguardo sospettoso della sospirosa segretaria. In un lampo, Cianchetti si scoprí a pensare che forse tutti quei sospiri discendevano da un segreto amore non corrisposto. Per chi? Ma per il giudice, no? Buffo. Gli uomini oltre una certa età, diciamo cinquanta, non dovrebbero nemmeno piú essere considerati oggetti del desiderio.

XVII.

Idomeneo, re di Creta, il primo capolavoro di Mozart, libretto (in italiano) dell'abate Giambattista Varesco, aveva debuttato il 29 gennaio 1781 al Teatro di Corte di Monaco. Se fosse stato credente, Manrico avrebbe addotto come prova dell'esistenza di Dio un certo numero di opere liriche. L'intera produzione mozartiana ne avrebbe fatto parte. Si accomodò nel suo solito posto, con un pizzico di nostalgia, ricordando le tante serate in cui il piacere della lirica l'aveva condiviso con Adelaide. Ora all'opera gli toccava andarci da solo. E non poteva che prendersela con sé stesso: dopo di lei, aveva avuto tre storie fugaci delle quali si era presto annoiato. E nessuna che amasse l'opera!

In ogni caso, quando si spense l'applauso che aveva salutato l'ascesa del direttore d'orchestra al podio e si levarono le prime note dell'ouverture, quel brivido di emozione che non mancava mai di provare lo percorse immediatamente: caro, antico e atteso brivido, pur sempre nuovo e sorprendente. Idomeneo, re di Creta, di ritorno in patria dopo i dieci lunghi anni della guerra di Troia, per scampare a una tempesta giura a Nettuno, crudele dio degli oceani, di offrirgli in sacrificio il primo essere umano nel quale si imbatterà una volta sbarcato. La tempesta si placa. Ma chi ti va a incontrare Idomeneo? Suo figlio Idamante. Il quale, nel frattempo, ha promesso libertà ai prigionieri troiani perché innamorato di Ilia, loro contessa. Idomeneo sfida il dio, rifiutandosi di sacrificare il figlio. E la divinità col tridente, offesa, suscita dalle acque un orrido mostro. Si scatena, a questo punto, una nobile gara al sacrificio fra Idamante e Ilia, gara alla quale pone termine Nettuno, che, commosso dalla forza dell'amore fra i due ragazzi, li grazia, consentendo infine che tutti possano vivere felici e contenti. Inverosimile? Assolutamente. Ma immergersi nel flusso delle note non significa forse staccare la spina dal presente e precipitare in una dimensione altra, una sorta di metafisica capace di sospendere i legami razionali fra le cose e gli esseri umani? L'opera restituisce i sentimenti, puri o ignobili che siano, allo stato primitivo. Saltando millenni di mediazioni culturali e nello stesso tempo pescando a piene mani nel loro formidabile costrutto mitologico.

L'opera come mito assoluto: era questo che lo rendeva cosí partecipe? E perché l'incontro sulla spiaggia fra padre e figlio aveva il potere di spingerlo sull'orlo delle lacrime, mentre... quante volte il dolore di una madre o di una compagna lo aveva appena sfiorato? E non erano tutti cinici e indifferenti come Alina Bukaci e la sua giovane figlia. No, certo che no. A quanto dolore autentico ti costringe ad assistere il mestiere dell'inquisitore! Eppure... Stava diventando insensibile, come quei vecchi giudici che aveva conosciuto all'inizio della carriera? A suo tempo, aveva aborrito quel loro millantato distacco, la maschera che indossavano per nobilitare un cinismo a poco prezzo. Innumerevoli volte si era detto «non finirò come loro». E invece... in che momento della vita accade che il dolore recitato e rappresentato si faccia piú acuto del dolore reale?

Nell'intervallo dell'opera si ritrovò fianco a fianco con un anziano abbonato, storico notaio della Roma che conta. Avevano appena conquistato un calice di vino rosso al caffè nel foyer del Costanzi. Il notaio gli attaccò una filippica.

– La direzione è discreta, i cantanti reggono. Ma la regia! Ah, – sussurrò, teatralmente, – la regia! Ma come gli viene di rappresentare i prigionieri troiani come gli immigrati! Tutti vestiti come quei poveracci di Lampedusa, colle tuniche stracciate... ma che è, 'n'assemblea sindacale? Oh, qui abbiamo troiani ed eroi greci, mica africani e scafisti!

Manrico lo classificò all'istante: un tradizionalista. I tradizionalisti, quelli che un tempo venivano definiti parrucconi, criticavano sempre i registi che osavano innovare, proponendo interpretazioni a loro dire sconvenienti, cioè non ingessate, delle opere in scena. Era del tutto inutile ingaggiare duelli con costoro. Niente poteva smuoverli dai loro tetragoni convincimenti. Oltretutto, caratteristica dei tradizionalisti era di possedere voci altisonanti e servirsene senza ritegno. In altre circostanze, dunque, Manrico se la sarebbe cavata con un educato sorrisino. Ma a due passi dal notaio aveva assistito alla concione una donna che Manrico valutò, a primissima occhiata, di incredibile fascino. Mora, alta, con un abito scuro minimalista e un'elegante pochette nera, il collo lungo, occhi profondi, di taglio orientale. A metà strada fra il Bosforo e le terre slave. Quello che colpiva in lei era l'espressione con la quale si stava soffermando sul notaio. Un misto di commiserazione, sdegno, ironia pronta a mutarsi in sarcasmo feroce. Per qualche ragione, Manrico si sentí in dovere di dire la sua.

– Be', notaio, l'opera vive nel tempo della sua rappresentazione. Idamante riscatta l'umanità dolente dei prigionieri, l'opera è un inno all'amore che sana i contrasti e lascia inappagata la sete di vendetta di Elettra... in questi tempi di odio, un messaggio chiaro, preciso. Una sorta di inno alla resilienza. Il regista tuffa le mani nel contemporaneo. Secondo me, opportunamente!

La bella sconosciuta sembrò apprezzare, almeno a giudicare dal vago accenno di un sorriso che disegnava due piccole fossette al centro delle guance.

– Ma tutto questo che c'entra con la lirica! Non basta la musica di Mozart? Parla da sola!

– Si chiama teatro musicale, – ribatté Manrico, che cercava intanto di agganciare lo sguardo della dama, – perché la musica si fonde con la scena, e dunque la rappresentazione vive dei movimenti scenici almeno quanto della partitura e del canto... se cosí non fosse, basterebbe un buon diffusore, non ci sarebbe bisogno di venire a teatro!

– Ah, ho capito, – sogghignò il notaio, – a lei magari piacciono quelli che mettono la *Traviata* in un bordello.

– Dopo tutto, – intervenne la bella signora, – il mestiere di Violetta giustificherebbe una simile scelta...

– Ma Verdi... – cominciò a protestare il notaio.

– Verdi, – riprese la signora, – ha messo in scena turpi assassinii, stupri, deformità, oscenità e crudeltà di ogni genere. L'Ottocento fu un secolo crudele, e i nostri tempi non sono da meno...

– E allora tutto fa brodo, no? Mancano solo la cocaina e le SS e Auschwitz e che altro? La strage di Bologna? E a quando il coro degli zingari che intona *Bella ciao*? Ma fatemi il piacere!

Si ritirò, indignato. Manrico levò il calice all'indirizzo della bella sconosciuta, mimando il gesto del brindisi. Le luci si abbassarono, segnalando che mancavano pochi minuti all'ultimo atto.

– Ci vuole pazienza con questi parrucconi, – sussurrò il Pm, sfoderando il suo sorriso piú accattivante, – comunque mi presento: Manrico Spinori della Rocca, Rick, se preferisce.

E di nuovo negli occhi di lei balenò quell'ironia, appena temperata da un bagliore di benevolenza.

– Buonasera. L'opera ricomincia.

E si allontanò con un sorriso ambiguo, tanto simile a quello del gatto di *Alice nel Paese delle Meraviglie*. Lui la seguí, da prudente distanza. Individuò la fila nella quale sedeva, tre o quattro ordini davanti al suo, e individuò anche il notaio, che occupava una poltrona centrale nella seconda fila. Le luci si spensero. Tornò la musica. Manrico si sentiva distratto. Lei lo aveva colpito. Decisamente. Non aveva niente di turco né di balcanico nell'accento, ma avrebbe scommesso comunque su un miscuglio di ascendenze. Per qualche istante fantasticò sul nome: Angelica? Vittoria? Gabriella? Maddalena? Poi l'opera rivendicò i diritti, e lui rientrò nel suo mondo, sino allo scioglimento del dramma, salutato da applausi decisi e da qualche «buu». Fra i «buatori» piú attivi, ovviamente, il notaio. Manrico ne scorgeva la nuca, con una vasta chiazza di calvizie. Gli venne un'improvvisa voglia di portarsi alle spalle del malcapitato e appioppargli uno scappellotto. Si contenne, limitandosi a urlare i suoi «bravo», che, uniti a quelli della maggioranza, in un crescendo di consensi, alla fine zittirono i contestatori. La misteriosa melomane applaudiva in piedi, convinta. Gli applausi si spensero. Manrico si avviò verso l'uscita, e manovrando fra la folla riuscí ad accostarsi, per un istante, al fianco di lei.

– Sono entusiasta.

– Mi ha toccato, – concordò lei.

E si dileguò, con un'accelerazione guizzante del passo, senza dargli il tempo di un ulteriore approccio. La bella fuggitiva. Seguirla? Poteva essere un passo falso. Ma anche lasciarla andare cosí, senza insistere almeno un minimo, poteva essere uno spreco. Aggirò un crocchio di dame attempate che ostruivano l'accesso alla strada, ma quando infine riuscí a riveder le stelle, lei chissà dov'era. Fuori dal Teatro

Costanzi, una trentina di spettatori attendeva in fila i taxi. La serata era fredda, cadeva una fitta pioggia. Manrico, come sempre, era senza ombrello. Detestava gli ombrelli. Li detestava sin da bambino. Lo facevano apparire goffo, gli comunicavano un senso di costrizione, avere le mani occupate da un ombrello lo turbava. Una fobia, senza dubbio. Ce n'erano sicuramente di peggiori, pensò, mettendosi disciplinatamente in fila. L'opera e l'incontro inatteso gli avevano messo addosso come una febbre. Rimuginava sull'occasione perduta quando una Smart gli si accostò.

– Vuole un passaggio?

Era lei. La bella ricompariva.

– Non vorrei disturbare.

– Su, con questa fila ci metterà mezz'ora ed è già tutto bagnato.

– Grazie.

L'abitacolo della vetturetta sapeva di cannella. Lei indossava un profumo discreto, con tracce amare sul fondo. Manrico era molto contento, ma non troppo sorpreso. Sapeva di piacere alle donne. Era un bell'uomo, col suo fisico asciutto, il bel tratto vagamente malandrino. Soprattutto, era uno dei pochi single decenti della sua età. E di donne in caccia ce n'erano sin troppe!

– Quindi, lei è un abbonato, vero?

Aveva una voce calda, vagamente roca.

– Sí, non mi perdo uno spettacolo, vado in giro per il mondo... lavoro permettendo.

– Un lavoro impegnativo?

– Lavoro alla Procura della Repubblica. Ma non deve pensare male di me.

– Non mi ha mica detto che è un criminale!

– Sa com'è, in certi ambienti un magistrato è considerato anche peggio di un criminale.

– Nessuno è perfetto, – rise lei, – io sono nel settore informatico.

– E le piace l'opera.

– Da morire.

La Smart voltò per via Nazionale.

– Mi lasci pure qui. Farò due passi sino al parcheggio di piazza Esedra, non vorrei disturbare.

– Come preferisce.

– Forse le andrebbe di vedere qualche spettacolo insieme, se non sono troppo sfacciato...

– Sfacciato suona molto lirico, giudice.

– Magari non è una scelta casuale.

– Perché no?

Si scambiarono i numeri, poi lui scese dalla Smart fra un saluto e un sorriso. Maria Giulia Lodi, dipartimento di Ingegneria informatica. Suonava bene. Prometteva bene. Tutta la situazione prometteva bene, vecchio Rick! Accese il cellulare. Fu assalito da un concerto di notifiche. Diciassette chiamate e sei messaggi WhatsApp del procuratore Melchiorre. Tre dalla Cianchetti. Melchiorre rispose al primo squillo.

– Manrico! Ma dove diavolo...

– Ero... va bene, dimmi.

– Va' a casa. Ho detto al tuo, come si chiama...

– Camillo.

– Bravo. Gli ho detto di registrare la puntata della Marinelli.

– Che ha combinato questa volta quella pazza?

– Va' a casa, guarda e ci vediamo domani da me alle nove.

– Problemi seri?

Il procuratore aveva già attaccato. Sí, problemi seri. Prese al volo un taxi e diede l'indirizzo di casa con un vago senso di panico. Bentornato nel mondo reale, Rick.

XVIII

Marilena Marinelli conduceva da quindici anni *Giú la maschera*: uno di quei programmi televisivi di successo che a Manrico facevano venire voglia di ritirarsi su un'isola deserta senza corrente elettrica e senza wi-fi. La sigla era una veloce sequenza di immagini impressionanti di fatti di cronaca nera, accompagnate da una musica squillante e tambureggiante. Il sottotitolo – ammesso che si chiami cosí – recitava: «storie di delitti irrisolti».

Mentre si accingeva a gustare la registrazione predisposta da Camillo, Manrico pensò che, in un certo universo mediatico, i delitti sono irrisolti di default. Per il semplice motivo che la soluzione li consegnerebbe alla storia, sottraendoli alla cronaca, e li renderebbe, dunque, inutili. Tanto ai fini informativi che a quelli propagandistici. Accompagnata da un caldo, scrosciante applauso del pubblico in sala – una cinquantina di cinquantenni, prevalentemente di sesso femminile, e pochi ragazzi, campioni esemplari, i vecchi e i giovani, di quello che lo strumento televisivo considera il «Paese reale» – fece il suo ingresso Marilena Marinelli. Alta, armata di fiero cipiglio, abito azzurro, luccicante spillone d'oro bianco. Di gradevole aspetto, ma non di prorompente bellezza: lei era «una di noi», mica una diva da red carpet. La Marinelli prese posto all'abituale desk, diteggiò sul touch screen e alle sue spalle si materializzarono i servizi dei Tg sul «mistero di Ciuffo d'Oro», come spiegava il sottopancia a scorrimento continuo. Manrico vide i CC, Cianchetti, Orru, la carcassa della Iso Rivolta, e, ovviamente, sé stesso. Poi il filmato si arrestò sul sorriso di un giovane Ciuffo d'Oro in costume di scena, con alle spalle un'orchestra di rispettabili dimensioni. Un *Canzonissima* di chissà quando. La Marinelli sparò i suoi famosi occhi verdi nel mirino della telecamera, e dopo una pausa sapiente si lanciò.

MARILENA   Buona sera, e ben trovati per il nostro appuntamento settimanale con *Giú la maschera*. La copertina di questa sera è dedicata all'omicidio di Stefano Diotallevi, in arte Mario Brans, il mitico Ciuffo d'Oro, il cantante, poi diventato importante manager dell'industria discografica, che ha fatto sognare generazioni di italiani.

Seguí scheda biografica, della durata di tre minuti scarsi. Piú o meno un abile montaggio dei materiali sparsi che Manrico aveva consultato qualche ora prima. Dopo la scheda, applauso convinto del pubblico in sala, e primo piano della conduttrice.

MARILENA   Questo omicidio, per molti versi anomalo, pone tanti interrogativi, ai quali non si può certo dire che gli inquirenti abbiano dato immediata risposta. Come sempre, per aiutarci a ricostruire la vicenda e a fissarne nel modo migliore i contorni, ci avvarremo della collaborazione dei nostri esperti...

Fece ingresso la compagnia di giro che da anni fungeva da corona della Marinelli: una criminologa dall'aria severa, un giornalista d'assalto noto anche come discreto giallista, un giudice in pensione dal risaltante doppio mento. Dopo averli salutati, la Marinelli riprese la parola. Riassunse i fatti noti, con dovizia di particolari e lasciando cadere qua e là allusioni neanche troppo velate all'inettitudine degli inquirenti, e alla fine calò l'asso: grazie alla «formidabile squadra investigativa» di *Giú la maschera* «siamo in grado di fornire una testimonianza eccezionale e del tutto inedita che aiuterà a far luce su questo mistero». Partí un filmato in esterno. Ci siamo. Manrico si cacciò in bocca due o tre delle fave di cacao puro che Camillo – un santo, diciamo la verità – non mancava mai di fargli trovare nella sala Tv. L'azione si spostò in un viale anonimo, con altrettanto anonimi alberi, non rigogliosissimi, nello spartitraffico. Accanto a Marilena Marinelli c'era una ragazza. Capelli castani con boccoli, faccia un po' tonda, piú bassa della conduttrice, vestita di nero. Neanche lei particolarmente attraente, a dirla tutta.

MARILENA   Cetty Paternò è una ragazza come tante. Una bella ragazza italiana. Una giovane. Cetty, quanti anni hai esattamente?
CETTY   Ventitre. Veramente sono ventidue, li compio fra qualche giorno i ventitre.
MARILENA   Sei emozionata, Cetty!
CETTY   Sí, Marilena, c'hai ragione, come sempre, io la guardo sempre la tua trasmissione, ce ne vorrebbero cento come te!
MARILENA: Grazie, Cetty, sei tanto gentile! Ma io credo che i nostri spettatori siano impazienti di sapere che cosa hai da raccontarci... Cetty, tu conoscevi Mario Brans...
CETTY   Sí.
MARILENA   Eravate amici?
CETTY   Sí.
MARILENA: Soltanto amici o qualcosa di piú?
CETTY   Marilena, io...
MARILENA   Su, coraggio, Cetty, siamo qui per te...
CETTY   Eravamo innamorati.
MARILENA   Eravate innamorati!
CETTY   Sí, innamorati. Lui era un uomo meraviglioso!
MARILENA   Cetty, io ti credo. Ma tu hai qualche... prova di questa vostra relazione?
CETTY   Ecco, Marilena, guarda...

Sullo schermo comparvero alcune foto di Ciuffo d'Oro e Cetty. A ogni foto, l'intervistatrice e l'ospite commentavano. La parte fotografica terminò, e riapparvero in scena le due donne.

MARILENA   Cetty, io devo farti una domanda imbarazzante, ma sarei molto scorretta se non te la facessi.

CETTY   Dimme, Marilè...

MARILENA   Il povero Mario Brans aveva settantaquattro anni. Cetty, tu ne hai ventitre... è una differenza d'età molto consistente... non... come si fa quando due si passano tanti anni e lui è uno che conta nel giro della musica, e tu vuoi fare la cantante... scusami, devo chiedertelo, per rispetto del nostro pubblico e della stampa libera, nella quale io credo con tutta me stessa... come si fa a non pensare male, davanti a una relazione del genere?

CETTY   E c'hai ragione, Marilena, perché dapprincipio pure io ho pensato male, ma poi ho cambiato idea.

MARILENA   E che cos'è stato che ti ha fatto cambiare idea?

CETTY   Lui.

MARILENA   Mario Brans.

CETTY   Sí, lui. Ci dovevamo sposare.

MARILENA   Cetty, Mario era già sposato!

CETTY   Ma lui voleva divorziare. Era la moglie che non voleva. Lui voleva vivere tutta la vita con me. È per questo che l'hanno ammazzato!

MARILENA   Cetty, ma tu queste cose le hai dette, non so, alla polizia, ai giudici?

CETTY   No, nessuno mi ha chiesto niente.

MARILENA   Ti sei almeno confidata con le amiche?

CETTY   Marilena, sei la prima persona con cui ne parlo.

MARILENA   Ascoltami. Tu segui la televisione, vero? Li guardi i telegiornali?

CETTY   Certo, Marilè, anche se con tutte quelle brutte cose che succedono...

MARILENA   È la vita, Cetty, è la vita, e noi giornalisti abbiamo il dovere di documentarla, anche nei suoi aspetti piú crudi. Come il delitto. Ma io ti ho fatto questa domanda perché sono curiosa di sapere: quando hai capito che il povero Mario Brans era stato assassinato e che potevi essere una testimone importante, forse decisiva, perché non sei stata tu a metterti in contatto con la polizia o con i giudici?

CETTY   Marilena, senti...

MARILENA   Su, coraggio!

CETTY   Marilena, io di quella gente non mi fido!

MARILENA   Su, Cetty, non dire cosí! Tu sai che è tuo preciso dovere di cittadina rendere testimonianza davanti ai giudici!

CETTY   Io di questa giustizia non mi fido, Marilè, io mi fido solo di te!

A questo punto la Marinelli esortava la fanciulla a re-
carsi in Procura per testimoniare. Lei prometteva di farlo
«perché me lo chiedi tu, Marilena». E cosí finiva la registrazione. Si tornava in studio. La Marinelli si avvicinò
al tavolo degli esperti e avviò il dibattito. Manrico spense
l'apparecchio. E solo in quel momento si rese conto che,
per tutta la durata della visione, Camillo se n'era rimasto
impalato alle sue spalle. Il volto del vecchio servitore era
una maschera impassibile. La rivelazione che dietro il suo
mito personale si celava un vecchio satiro lo aveva indubbiamente ferito.

– Camillo!

– Signor contino.

– Deluso?

– Gli dèi non dovrebbero mai discendere in terra, signore.

XIX

Il procuratore Melchiorre si presentò a palazzo Van Winckel qualche minuto prima delle otto. Manrico era ancora sotto la doccia. Fu Camillo a occuparsi del capo della magistratura inquirente romana. Quando Manrico, aggiustandosi la cravatta a sfondo verde di Diane De Clercq, entrò nel salottino in cui il maggiordomo l'aveva fatto accomodare, il procuratore sorbiva il caffè appollaiato sulla dormeuse stile barocco e fissava con aria corrucciata un dipinto sulla parete di fronte.

– *Ritratto di garibaldina* di Valentino Pagoni, un minore dell'Ottocento, – lo informò Manrico, – non ha un gran valore, ma il trisavolo Michele Filippo Gualtiero, che fu buon conoscente del Generale, ci era affezionato. Sfortunatamente, come tutto ciò che fa parte dell'arredo e delle stigliature di questa casa, non è piú di mia proprietà. Però, se ti aggrada, posso metterti in contatto con il fondo svizzero che lo possiede, credo che con la mia mediazione riusciresti a portartelo via con poco…

Melchiorre posò la tazzina.

– Fa schifo, – disse, asciutto.

– Non farti sentire da Camillo. Si offenderebbe.

– Non dicevo il caffè. Il quadro. Il quadro fa schifo.

– Ora sono io a offendermi. Pagoni sarà stato anche un minore, ma era un sincero patriota.

Il procuratore si alzò e scosse la testa.

– Hai visto *Giú la maschera?*

Manrico non riuscí a resistere al richiamo della foresta.

– La tua amica Marinelli ha armato un bel casino.

Melchiorre gli lanciò un'occhiataccia. Si vociferava – e peraltro il diretto interessato non si era affannato a smentire – che lui e la Marinelli, allora giornalista alle prime armi, avessero avuto, anni addietro, una breve e focosa storia. Non dovevano essersi lasciati bene, visto che lei non perdeva occasione per accusare Melchiorre e il suo ufficio di incompetenza, trasandatezza investigativa e quant'altro. Quanto a Manrico, l'aveva incontrata qualche volta, e ne era rimasto impressionato. Gli accadeva sempre, quando gli capitava di imbattersi in una persona di potere. Era la sensazione di avere a che fare con un rettile, una creatura a sangue freddo priva di sentimenti. Gelo, ecco cosa gli comunicavano quelle (e quelli) come la giornalista.

– Non è mia amica, – ribatté, infine, il procuratore.

– Ma se ci sei andato a letto.

– Appunto.

– Be', comunque ammetterai che è un bel casino.

– Rick, avresti potuto parlarmi di questa... fidanzatina del morto.

– Avrei potuto se l'avessi saputo.

– E questo è il problema. Non lo sapevi. Non lo sapevamo. Arriviamo sempre un minuto dopo la stampa. Non va bene.

– Hai sentito la signorina Cetty, no? Lei con gente come noi non ci parla. Non si fida!

– Sai qual è il guaio, Rick? Che la signorina Cetty è una perfetta interprete del sentimento popolare.

– E noi cosa possiamo fare per combatterlo, questo sentimento popolare?

– Ma sei diventato di colpo ingenuo o vuoi farmi perdere la pazienza?

– Stempero, Gaspare, stempero. E credimi, del sentimento popolare francamente me ne infischio...

– Fai male, per la miseria! Oggi è la sola cosa che conta!

In altro contesto Melchiorre, che pretendeva sempre
di avere l'ultima parola, si sarebbe lanciato in una filippica, anche se sapeva che, su certi argomenti, la dialettica
con Manrico era inutile. Ma lasciò stare. A Manrico parve
provato, stanco. Sentí una certa pena per lui. Non sarebbe mai riuscito a non volergli bene, in fondo. Si conoscevano da trent'anni. Difficile dimenticare le tante batta-
glie combattute fianco a fianco per cambiare la giustizia
e l'immagine dei suoi indegni servitori. Col tempo, però,
Melchiorre era passato al lato oscuro della forza, trasfor-
mandosi in un esacerbato paladino della sentenza esemplare. Quel che piú importava, per lui, era la sintonia coi
mutevoli umori dell'opinione pubblica. Manrico gli posò
una mano sulla spalla.

– Passerà. Una volta c'era il mitomane che denunciava
il vicino di casa per aver avvelenato l'acquedotto...

– In combutta con Nixon, – rievocò il procuratore, – te
lo ricordi?

– E chi se lo dimentica? Alla fine, per levarcelo di torno, fingemmo di telefonare alla Casa Bianca. Pronto? È
la Casa Bianca? Qui la Procura di Roma. Vi ingiungiamo
di smettere di perseguitare il signor... come si chiamava?

– Di Marcotullio.

– Che memoria, Gaspare!

Poi il momento di fratellanza morí. Un lampo freddo
attraversò gli occhi del procuratore.

– Certo, tutti e due sappiamo come funziona il serpente
dell'opinione pubblica. Ma. Ma tu non sei me e io non sono
te. Io sono il capo. Devo rispondere in prima persona alla
società. Non posso permettermi il tuo understatement, caro

il mio contino. Ti ho dato libertà d'azione e mezzi che i tuoi colleghi si sognano, Rick. Trovami il colpevole. In fretta.

Rick annuí, e accompagnò il capo alla porta. Prima di correre in ufficio, mandò alla Cianchetti un sms col numero di cellulare di Camillo, e scambiò il suo apparecchio con quello del maggiordomo.

– Se mi cercano, sono uscito, tu non sai dove sono né quando tornerò e ti dispenso dal prendere nota delle chiamate.

– Sarà fatto, signor contino. Lo sbarramento vale anche per la signora Elena?

– Soprattutto per lei. Ah, Camillo.

– Dica, signor contino.

– Se ti azzardi a usare l'espressione «signor contino» con quelli che telefonano, ti licenzio in tronco.

– Come desidera, signor contino. Le ricordo, comunque, che ha un dono da consegnare, oggi.

Camillo gli diede un pacchettino, e Manrico, nel riceverlo, chinò il capo, con un mezzo sorriso di scuse.

– Per la miseria, è vero! Me n'ero completamente dimenticato. Come farei se non ci fossi tu, Camillo!

– Un valido motivo per soprassedere al licenziamento, suppongo.

XX.

A onta del sabato, un'insolita animazione regnava nella cittadella giudiziaria di piazzale Clodio. A partire dai furgoni delle emittenti televisive, con le antenne paraboliche che svettavano presidiando praticamente tutti gli ingressi del Palazzo di Giustizia. Ma non quelli della contigua Corte d'Appello, per fortuna. Manrico si fece lasciare dall'autista della macchina di servizio (alla fine ci stava prendendo gusto, succede sempre, coi piccoli privilegi) nel parcheggio sotterraneo, e attraverso i passaggi interni di sicurezza raggiunse il terrazzino al terzo piano dell'edificio della Corte penale. Orru, Cianchetti e Vitale erano già lí. Neanche l'ombra di un giornalista, e questa era la prima buona notizia da molte ore. La squadra si era messa all'opera. Orru, all'alba, aveva mandato una macchina all'aeroporto di Fiumicino a prelevare Matteo, il figlio del morto. Lo si attendeva in mattinata.

– Bene, – dispose Manrico, – quando arriva portatemelo qui.

Orru si appartò per telefonare.

– Ma qui dove, dottore? – intervenne, ironica, Cianchetti. – Stamattina ci trasferiamo in terrazza? Fa un po' freddino, mi pare...

– Strada facendo ho parlato con l'ispettore... come si chiama quello che si occupa delle intercettazioni?

– Motisi, – rispose, pronta, Vitale.

– Motisi. Gli ho chiesto un favore, e lui mi ha rimediato una specie di sgabuzzino a dieci metri dalla stanza delle intercettazioni. Che potremo avere in tempo reale. Loro parlano, noi sentiamo. Cianchetti, faccia una scappata da lui e veda se ha qualcosa per noi...

Cianchetti si precipitò. Alla fine, qualche buona idea ce l'aveva persino il contino.

– A proposito di telefoni...

Orru, la cui efficienza non cessava mai di sbalordire, aveva elaborato un primo sviluppo dei tabulati della vittima. Risultavano frequenti contatti con Cetty Paternò. La ragazza non mentiva.

– Si è presentata con l'avvocata Maloiusti. E un codazzo di cronisti, dottore.

– Che impressione le ha fatto, Vitale?

– La ragazza? Scosciata e rifatta.

– Rifatta quanto?

– Un buon quaranta per cento. Seni. Labbrone.

– Capisco che il vecchio sia caduto nella rete, – chiosò Orru.

– Se avessimo avuto quei tabulati ieri avremmo battuto sul tempo la Marinelli, – sospirò Manrico.

– Ho fatto del mio meglio, dottore, – scattò la Orru, – ma lei sa che...

– Ha fatto miracoli, – la placò immediatamente lui, sorridente, – ma non è stato sufficiente. Pazienza. Recupereremo.

Ricomparve Cianchetti, scuotendo la testa.

– Madre e figlia hanno messo il silenziatore.

– Mai perdere la speranza.

– Però c'è una telefonata di Mangili.

– Alleluja!

– Parla con un certo Fabrizio e gli chiede, testuale: è

tutto a posto con la bambina? E quello risponde: tutto a posto, Gilbé.

– La bambina? C'è una bambina in questa storia, Cianchetti?

– A meno di non considerare bambina questa Cetty, direi proprio di no, dottore.

– Bene. Vitale, torni nel mio ufficio e mi porti il Pc che troverà sulla mia scrivania. Ci aspetta una giornata intensa. Dobbiamo sentire Matteo Diotallevi, intanto, e poi... sí, che c'è, Cianchetti? La vedo sbuffante...

– Posso essere sincera, dottore?

– Certo. Dica pure.

– Pensavo che avremmo sentito subito la stronza.

Vitale ridacchiò. Orru rimase impassibile. Entrambe conoscevano Manrico da anni, e da anni lavoravano fianco a fianco con lui. Sapevano quanto poco il Pm apprezzasse certi toni. Manrico, però, le prese in contropiede.

– Suppongo che lei si riferisca alla Paternò.

– E a chi sennò?

– Lei cosa suggerisce? Un trattamento rude?

– Chiaro! Voglio dire, brutta deficiente, come ti permetti di dire «io con la polizia non ci parlo»... ci facciamo ridere dietro da tutta Italia e facciamo la figura dei deboli!

– C'è di peggio, Cianchetti.

– Ah, sí? E che cosa?

– Fare la figura dei fessi. Dovrebbe leggere Prezzolini.

– Chi?

– Uno scrittore di tanti anni fa. Sosteneva, e a ragione, che gli italiani sopportano tutto, tranne che di passare per fessi. È una cosa che li manda fuori di testa. Letteralmente. Il che li rende... ci rende... costantemente diffidenti, sospettosi, malfidati. Ha mai pensato che però cosí facendo ci si perde il meglio della vita?

L'ispettrice fece uno sforzo sovrumano per dominarsi. Che c'aveva poi da sfottere, il giudice! Nei casini ci stavano tutti, e che diavolo!

– Ma sí, – riprese Manrico, conciliante, – la sentiamo, la sentiamo, la signorina Paternò. A suo tempo. Ora teniamola a bagnomaria. Vitale, la faccia accomodare nel mio ufficio, e le dica che sarà chiamata a tempo debito. E tenga aperta la porta di comunicazione, non vorrei dare la sensazione di un sequestro di persona... Contenta, Cianchetti? Bene. Quanto a lei, si metta sulle tracce di Cetty Paternò. Voglio sapere vita, morte e miracoli di questa ragazza. E lo voglio sapere dalla viva voce di amici, parenti, vicini. Infine, Orru: a lei la rete. Mi trovi tutto quello che può sulla nostra ninfetta. Buon lavoro! Ah, Orru... mi rintracci il numero di quel... come si chiamava? Quel tale che ha parlato con Mangili. Mi incuriosisce questa «bambina»...

XXI

Manrico stava diventando un esperto nel dissimulare. Ostentava calma e sangue freddo, troncava e sopiva, stemperava, come aveva detto a Melchiorre. Ma in realtà lo invadeva una fiera collera. Qualunque fosse la motivazione, tutti si sentivano autorizzati a prendersi gioco della giustizia. E poi, sí, stava perdendo la pazienza. Piú il tempo trascorso a occuparsi delle miserie del crimine aumentava, piú la sua tolleranza diminuiva. L'empatia che una volta aveva provato per il mondo del delitto nel suo complesso, vittime o carnefici che fossero, trascolorava in un senso di fastidio crescente. Il delitto, ogni delitto, gli sembrava sempre piú prossimo a una manifestazione di stupidità. Uccidere, rubare, mentire... che cosa c'era di eroico, in tutto questo? Dove si era andata ad annidare la pietà che in passato era stata la sua bandiera di magistrato e di uomo? Forse non è un mio problema, si disse. Forse è il contesto che agisce su di me. Della verità sembra che non gliene freghi piú niente a nessuno. Ma non l'aveva già detto il Matto a re Lear? *La verità è un cane da mandare a cuccia a frustate. Però donna Lacagna se ne sta accanto al focolare e puzza...* Curioso che gli venisse in mente *Re Lear*. L'unico grande dramma shakespeariano che il suo amato Verdi non era riuscito a musicare.

Si rifugiò nel loculo che il dirigente delle intercettazioni gli aveva procurato, in pratica un tramezzo fra due uffici gonfi di apparecchiature che trasformavano in materiale investigativo le vite degli altri, e chiese all'ispettore Motisi se c'erano novità. Non ce n'erano. Telefonò a Camillo.

– Qui il segretario del conte Spinori della Rocca. In che cosa posso esserle utile?

– Camillo, stai invecchiando. Non riconosci nemmeno il tuo numero!

– Per la verità, signor contino, ho pensato che lei avrebbe potuto scambiare il mio apparecchio con quello di chiunque altro...

– Touché. Molte chiamate?

– Al momento ventidue. Quasi tutte di giornalisti.

– Tieni duro, Camillo.

– Sempre e dovunque, signore.

– Il motto dell'artiglieria.

Finalmente, in gran segreto, l'agente mandatario della Orru introdusse Matteo Diotallevi. Il figlio maggiore del defunto cantante era un quarantenne dall'aria scostante, freddo come un punteruolo da ghiaccio. Viveva a Londra, dove lavorava, disse, come manager in un settore dal nome improbabile, che Manrico dimenticò subito. Aveva una voce neutra, incolore.

– Fra me e mio padre i rapporti non erano idilliaci, dottore. Non ci parlavamo da anni. Sono venuto qui solo perché lei mi ha convocato. Mi trattengo giusto per il funerale.

– Che cosa le ha fatto suo padre per giustificare tanto rancore?

– Era un uomo di merda. Le basta come spiegazione?

– La trovo vagamente sintetica, se mi è consentito.

– Lasciò mia madre per l'albanese quando io ero alle soglie dell'adolescenza. Fu un colpo duro per lei. Aveva sacrificato la sua carriera per lui...

– Come la Bukaci, peraltro.

– Mia madre era una grande artista. La Bukaci è una cagna. Non si possono paragonare le due situazioni. Ho sofferto molto. Abbiamo sofferto molto. Potrei attaccarle la solfa del padre assente, dei compleanni accanto a una madre triste, ma gliela risparmio. Quando lui non c'era, ero felice. Lo ero proprio perché potevo avere mamma tutta per me. E lei non risentiva della presenza di quel... va bene, non voglio esagerare. Dopo tutto, adesso è nelle mani di una giustizia molto piú radicale della sua. Se mi è consentito.

E gli faceva pure il verso, mister Iceberg. Un magistrato non può permettersi simpatie e antipatie. Ma un uomo sí, e che diavolo. Manrico insistette con domande a volte scopertamente tediose, finché, oltre la maschera della retorica che si travestiva da antiretorica, non venne fuori la ragione vera dell'astio. I soldi. Eccolo «er priffe».

– Lui e l'albanese hanno fatto carte false. Società fiduciarie. Trust. Donazioni illegittime. Tutto per spogliarmi di quello che è mio e che mi spetta di diritto. Siamo in causa. Da anni. E vincerò. Sempre che quell'arpia non arrivi a comperarsi qualche giudice. Senza offesa, eh!

– E certo, senza offesa. Mica ci si può offendere per il senso comune, no? Ha sentito di questa presunta love story con una giovane...

– Non mi stupisce affatto. Anzi, magari è proprio per questo che l'hanno ammazzato. Perché stava per lasciare l'albanese e rifare lo scherzetto che a suo tempo avevano fatto con noi.

– Sono accuse gravi.

– Sono solo riflessioni a voce alta.

All'esito di una nuova bordata di stilettate livorose, Manrico decise che ne aveva abbastanza e congedò l'astioso discendente. Prima si fece dettare il suo numero di telefono per poterlo raggiungere in caso di comunicazioni urgenti. Era una scheda inglese. Va da sé che nel giro di pochi minuti il figliolo odiatore, previo decreto stilato a regola d'arte, finí nel girone degli intercettati: si può captare anche una scheda straniera, se si trova sul territorio nazionale.

Telefonò a Brunella. Cetty Paternò era ancora nel suo ufficio, guardata a vista dall'implacabile avvocata Maloiusti.

– Nervosa?

Una pila elettrica, dottore.

– La Maloiusti?

– Passa da una telefonata all'altra.

– Me le mandi su.

XXII

Non c'era campo nelle catacombe di Commodilla, ultima tappa delle peregrinazioni di Deborah Cianchetti sulle tracce di Cetty Paternò. Stava finendo di chiacchierare con don Filiberto, un cinquantenne grassoccio, dai modi affabili, bonario. Certo che conosceva Cetty, e si era avvalso dei suoi servigi per le pulizie del sito, frequentato da turisti perché, apprese l'ispettrice, sede della piú antica iscrizione romana in volgare. Cetty, cioè effettivamente Concetta, aveva lavorato per un po' anche per un'impresa di pulizie sulla Tiburtina, e aveva fatto i mestieri in casa di qualche signora della zona. Tutto questo, spiegò il prete, prima di dedicarsi alla musica.

Poco prima era stata in via Giovannipoli, in zona Garbatella, dove abitava la ragazza. Una strada che un tempo aveva ospitato un insediamento non molto dissimile da una baraccopoli. Deborah era una recluta quando, proprio lí, aveva partecipato al movimentato arresto di un tipo che aveva sparato a un vicino di casa, uccidendolo e, durante la fuga, aveva ferito l'inquilino di un altro palazzo. Otto anni dopo c'era tornata per arrestare il ferito di un tempo, diventato, nel frattempo, assassino della propria convivente. Ora, però, la strada era del tutto gentrificata, aveva assunto un aspetto molto piú rispettabile, pressoché borghese.

Cetty aveva ereditato la casa dalla madre, una sarta morta precocemente. Deborah aveva scattato col cellulare qualche foto dell'immobile: piano seminterrato, giardinetto ben curato che dava sull'esterno, facciata pulita. Impossibile entrare, perché le leggi votate da quei mangiapane a tradimento dei politici limitavano assurdamente i poteri della polizia. I vicini avevano fatto a gara per vantare un'amicizia con Paternò (da quando era andata in Tv, suppose, maligna, Deborah). E in coro si erano sperticati in elogi. Quanto a Ciuffo d'Oro, per la verità nessuno l'aveva mai visto in giro, ma se Cetty diceva che avevano una storia, allora era vero. Il piccolo dettaglio della differenza di età non sembrava scandalizzare. Tranne, forse, don Filiberto.

– Io li ho visti insieme, sa, ispettore!

– Il cantante e la Paternò?

– Sí. E... non era una cosa ben fatta, a mio parere.

– Secondo lei si volevano davvero bene?

– Come si fa a dirlo? Ma si passavano quasi cinquant'anni, eh! Tutta colpa della televisione, sa!

– In che senso, padre?

– Le idee che mette in testa alla gente, no? Cetty poteva finire le scuole, sposarsi con Graziano...

– Era il suo fidanzato?

– Un bravo ragazzo, fa il meccanico a piazza Bartolomeo Romano. Sapesse come c'è rimasto male quando lei si è messa con quel cantante! Cinquant'anni di differenza, ma dico io... va bene che le vie del Signore sono infinte, però...

L'insegna recitava Stilcar: che poi che poteva significare? Una macchina che ha stile? Che loro le riparazioni le facevano con stile? Domanda oziosa, che non avrebbe stonato in bocca al giudice contino, si scoprí a pensare Deborah, con un sentimento ambiguo, indecifrabile, fra cu-

riosità – perché strano era strano forte, il magistrato – e
fastidio – perché, e se l'era già detto e stradetto, uno piú
normale sarebbe stato meglio. Graziano, il meccanico, era
un notevole manzo sui trenta, alto uno e novanta, coi capelli cortissimi e una barba da hipster o da mafiosetto di
borgata. Che poi, in certi giri, so' la stessa cosa. Aveva gli
occhi azzurri e una voce roca, da fumatore.

– Che je serve, signori'?

Deborah sventolò il tesserino. Il giovanotto annuí piano, il suo sguardo si irrigidí.

– Ho fatto qualcosa?

– Niente, per il momento. Avrei solo qualche domanda
sulla signorina Paternò.

– Tipo?

– Sui vostri rapporti. Per esempio…

– Nun c'ho niente da di'. E poi sto lavorando, quindi,
me scusi, ma me ne devo anda'. Arrivederci –. E si voltò
per andarsene.

– Preferisce finire questa chiacchierata alla Procura della Repubblica?

Graziano sospirò e si piantò le mani sui fianchi.

– Devo mette l'avvocato? – chiese, provocatorio.

– Non lo so. Me lo dica lei. Ha qualcosa da nascondere?

– Nun so' io che c'ho da nasconde, sete voi guardie che
ve inventate le cose.

Il meccanico si stava imbruttendo, come si dice a Roma. Certi suoi colleghi avrebbero già menato le mani. A
Deborah non dispiacevano le maniere forti, ma c'era modo e modo, occasione e occasione. Soprattutto – e questo
gliel'aveva insegnato presto la strada – se devi fa' lo schifo, fallo bene e nun te fa' becca'. Perché il disciplinare è
sempre in agguato e se, per esempio, gonfiava quel bellim-
busto e poi veniva fuori che quello non c'entrava niente

col delitto, e stava solo facendo un po' il bullo, be'...
c'era chi si giocava la carriera, per una fesseria cosí. E allora, appellandosi a tutta la sua pazienza, gli sorrise persino.

– Andiamo, due domande e poi può tornare al lavoro.
La sua apparente remissività smontò Graziano.

– Io le volevo bene, ma lei si è messa co' quer vecchio.
Mo' è un po' che non ci parliamo.

– Ha visto la televisione ieri sera?

– E certo che l'ho vista.

– E che ne pensa?

– De che? Che stavano insieme? Erano fatti de Cetty.
Io che c'entro?

– Ma lui l'avrebbe sposata? Avrebbe lasciato la moglie
per lei?

– Lui, lei, ahó, nun ce sto a capi' piú gnente...

– La smetti di fare il finto tonto, per piacere?
Il ragazzo sospirò, e per la prima volta nel suo sguardo Deborah vide scintillare una luce che aveva qualcosa
di autentico.

– Cetty quanno se ficca 'na cosa in testa... mo' posso
torna' a lavora' che sennò il principale me se 'ncazza?

XXIII.

Cetty Paternò accavallò le gambe con una mossa alla Sharon Stone. Manrico trovò irresistibilmente comico l'effetto. Un penetrante aroma fruttato inondò il loculo. Accanto a lei si accomodò, dal lato opposto della scrivania, l'avvocata Bruna Maloiusti, piccola, tenace, grintosa, cattivissima.

Quella ragazza era la quintessenza della volgarità. Certo, esistono volgarità seducenti, eccessive, di un'aggressività che attrae e potrebbe persino condurre a perdizione, come si legge nei classici del Settecento libertino. Ma non era il caso di Cetty Paternò. Davvero Ciuffo d'Oro aveva perso la testa per lei?

– Signorina Paternò, lei ha sostenuto, in un programma televisivo...

Protetta dallo sguardo carezzevole della Maloiusti, Cetty Paternò ripercorse, in una lunga e dettagliata dichiarazione, le tappe della sua love story con l'anziano ex cantante. La conoscenza. I primi appuntamenti. Le vacanze clandestine. L'audizione che lui le aveva procurato grazie anche al comune amico Maurilio Pomanti. La registrazione, ancora da venire, del suo primo disco da solista, e naturalmente le speranze, le promesse, il luminoso futuro.

– E ora tutto questo è finito...

Ecco la furtiva lacrima di prammatica e il pronto intervento consolatorio della Maloiusti. Manrico ascoltava e di tanto in tanto verbalizzava: l'essenziale, lo stretto indispensabile, non una virgola in piú. Falsa. Quella lacrima era falsa. Molto meno reale di quella immortalata dal Nemorino di Donizetti. O si era ormai spinto cosí avanti nel discredito dei suoi simili da non saperne piú cogliere l'autenticità?

– Aveva giurato che mi avrebbe sposato, giudice!

– Ma mi scusi, secondo lei, la moglie era al corrente della vostra relazione?

Finalmente. Finalmente sei arrivato al punto, diceva l'occhiata che si scambiarono avvocata e cliente.

– Certo che lo sapeva! – esclamò Cetty, convinta, e in un attimo il dolore di prima era scomparso dal suo volto tondeggiante. Era stato lui a dirglielo. Le aveva detto che intendeva divorziare... È per questo...

– Cetty, cara, basta cosí, – intervenne, soave, la Maloiusti, – la mia cliente, dottore, intende dire: è per questo che io sono cosí disperata, perché lui ormai non c'è piú!

– Comprendo benissimo, avvocato.

– La ringrazio, giudice.

Eh già. Perché la frase successiva doveva essere: è per questo che lei, la vedova, l'ha ammazzato. Ma era una frase che metteva a rischio di calunnia. E dunque l'esperta avvocata s'era opportunamente intromessa. Dialettica. Retorica. Giustizia. Bussarono alla porta. Si affacciò la Cianchetti. Manrico si scusò e uscí dal loculo.

– Allora?

– Possiamo parlarne sulla terrazza? Cosí io posso...

– Fumare? Andiamo.

Per lo meno non le aveva inflitto la pippa sul fumo che fa male eccetera eccetera. Deborah riferí le informazioni raccolte sulla Paternò. E raccontò dell'incontro col suo ex ragazzo.

– Io se mi permette, dottore, intercetterei anche lui.

– A che pensa?

– Niente di preciso. Ma non mi è piaciuto.

– Lo aggiunga al catalogo, allora, – ironizzò il magistrato.

– Magari ha fatto una stupidaggine perché era geloso del cantante. In ogni caso, ha qualcosa da nascondere.

– *Non dicere ille secrita a bboce...* – continuò lui, sullo stesso tono.

– Come dice scusi?

– «Non dire le cose segrete a voce». A voce alta, probabilmente. È l'iscrizione in volgare delle catacombe di Commodilla, dove lei è appena stata.

– E adesso che cosa c'entra?

– Non lo so. Mi sembra una specie di metafora del tempo che trascorre. Voglio dire, le cose sono molto cambiate da allora. Pensi a come parlano i nostri intercettati. E, in linea generale, mi trovi uno che non spasima per rivelarle, le cose segrete. E ad alta voce! Sta bene, ispettore, ottimo lavoro. Per oggi può andare. A dopo.

Manrico si avviò verso il loculo. Strada facendo telefonò a Brunella, e le disse di mandare su la vedova di Ciuffo d'Oro e la figlia. Prese tempo inscenando una leggera schermaglia con l'avvocata, della serie magistrato versus avvocato, e quando sentí del trambusto in corridoio comunicò che potevano andare. Infine, cortese, spalancò la porta. In modo che Cetty e la sua legale, uscendo, si trovassero faccia a faccia con Alina, la figlia e il loro avvocato, che stazionavano sull'uscio. Quelle due vecchie lenze di Maloiusti e Poggi compresero che Manrico aveva deliberatamente manovrato per osservare le reazioni delle tre donne una volta che si fossero incontrate e si frapposero fra loro per evitare incidenti. Ma il gioco degli sguardi era persino troppo eloquente. Almeno per quanto riguardava le vam-

pate d'odio che vicendevolmente si saettavano la Bukaci
e la giovane Paternò, mentre dal suo canto Clara Diotallevi se ne stava con gli occhi piantati sulla madre e le guance rosse, come in attesa dell'ordine di partire all'assalto.

– Prego, accomodatevi, – esortò Manrico, facendo strada a madre e figlia. Era pago dello spettacolino. Non che
si fosse aspettato chissà che: ma si manifestava talora dentro di lui una sorta di meschino demonietto che esigeva
una maligna soddisfazione. E se la commedia umana della
procedura ne offriva il destro, perché non approfittarne?

XXIV.

Poggi prese posto fra le due signore. L'avvocato e Manrico erano coetanei. Avevano anche preparato insieme un paio di esami universitari. Non che ci fosse un'amicizia, tuttavia una certa stima non faceva difetto. Poggi non era considerato un principe del foro, un purosangue, ma di sicuro era un valido cavallo da tiro. Forse non aveva spiccato il volo perché non abbastanza spregiudicato, a differenza di tanti suoi colleghi. In ogni caso, né Poggi né la Maloiusti, a stretto rigore, avrebbero avuto diritto a presenziare all'esame delle loro assistite, che non erano accusate di niente. Manrico però detestava sottilizzare, e soprattutto detestava quella particolare forma di lotta fra i galli che andava cosí di moda fra accusa e difesa. Ottima per eccitare platee ignoranti, ma troppo spesso controproducente. Le somme, in fondo, si tirano quando l'arbitro, nel caso la Cassazione, fischia la fine. E in quel momento, che tu sia accusatore o difensore, se perdi, ti sarai sgolato e avrai insultato invano. Sapeva, però, di essere in minoranza: erano molti, troppi, gli innamorati della giustizia come lotta all'ultimo sangue.

– Le mie assistite vorrebbero informarla di alcune circostanze, – esordí l'avvocato.

– Prego.

La figlia aprí la bocca, come chi si appresta a iniziare un discorso, ma la madre la batté sul tempo. E, con notevole

veemenza, informò il magistrato che: a) era perfettamente
al corrente del fatto che fra il suo povero marito e quella
signorina che si stava facendo pubblicità col nome del defunto vi erano stati alcuni convegni galanti (tale il senso,
non il lessico); b) Stefano, ovvero Mario Brans, ovvero
Ciuffo d'Oro, andava compreso: era un artista, un uomo
di temperamento, ma soprattutto aveva un gran cuore, era
un generoso, un passionale, un istintivo. Le ragazzine lo
assediavano. E a volte lui cedeva al temperamento. Ma poi
capiva che quelle volevano solo i suoi soldi e il suo potere,
e tornava immancabilmente all'ovile; c) questa avventuret-
ta con la sedicente cantante non si discostava dalle tante
che la buonanima aveva intrattenuto in passato; d) anche
stavolta Stefano aveva provveduto infatti a liquidare la
sciacquetta; e) la decisione era stata palesata alla consor-
te dal diretto interessato nel corso del fine-settimana che
aveva preceduto il tragico evento. Lo avevano trascorso
nello chalet di famiglia a Chamonix, e lí era avvenuta la
definitiva riconciliazione.

– E se vuole sapere come la penso, giudice...
– Basta cosí, – s'inserí Poggi, in veste analoga a quella
poc'anzi indossata dalla Maloiusti, il legale moderatore.
– Lei non esclude, – completò Manrico, con tono lievemente divertito, – che per vendicarsi di essere stata prima
illusa e poi delusa, la giovane Paternò...
– La mia assistita non ha mai inteso dire nulla di simile! – scattò Poggi, ancora una volta sulla falsariga della
Maloiusti.

Manrico alzò le mani, in segno di resa.
– E lei, signorina Clara, – aggiunse, rivolto alla figlia,
– ha qualcosa da dire?
– Io... mamma ha detto tutto.
– Se non c'è altro, signor procuratore...

Con altro gesto, questo piú vago, il magistrato rimise
a sedere l'avvocato, che già si apprestava a sgomberare il
campo.

– Questa mattina ho sentito il dottor Matteo Diotallevi, – lasciò cadere, quasi indifferente, Manrico.

La Bukaci s'irrigidí. Manrico sfoderò il suo sorriso piú
accattivante, a uso e consumo della giovane Clara.

– Le va di parlarmi dei suoi rapporti con il suo fratellastro?

– Scommetto che con lei ha fatto la vittima, no? – s'in-
tromise la madre, puntando l'indice contro il magistrato.

E qui, incurante dei tentativi dell'avvocato di sedarla,
Alina Bukaci partí all'assalto. Matteo Diotallevi: un pa-
rassita, un ladro, un delinquente. Odiava lei perché aveva rimpiazzato la madre, buona, quella, un'alcolizzata che
aveva finito i suoi giorni in una clinica di Santa Margheri-
ta Ligure, a spese di Stefano, si capisce, un'arpia depressa
che gli aveva reso la vita impossibile. E se era compren-
sibile che Matteo fosse risentito perché lei, Alina, aveva
colmato il gran vuoto che si era aperto nel cuore di Stefano, era del tutto ingiustificato l'astio manifestato contro
la povera Clara. Matteo era un truffatore. A Londra mica
c'era andato perché gli inglesi avevano bisogno del suo talento, seeh. Quello aveva combinato casini inauditi qui a
Roma, prima era stato beccato a rubacchiare in un centro
commerciale, e la buonanima aveva risarcito, evitando la
denuncia... poi si era fatto una settimana dentro perché
una sera, ubriaco, aveva sfasciato un locale, e il papà era
dovuto nuovamente intervenire per ripagare i danni. Era
stato bocciato in scuole di ogni stato e grado, finché era
riuscito a strappare un diplomino e poi addirittura una laurea a uno di quegli atenei per somari dove se paghi hai il
pezzo di carta. Infine, inseguito da certi strozzini, si era

rifugiato a Londra, dove ancora una volta Ciuffo d'Oro, dopo aver ripianato il debito, gli aveva trovato un lavoretto presso una casa di produzione.

– E come se non bastasse, proprio due mesi fa Stefano si era accorto che sulla sua carta di credito figuravano spese pazze, spese che lui non si era mai sognato di fare. E vuol sapere com'era andata, giudice? Quel bel tipo di Matteo gli aveva clonato la carta! Capisce? Al padre! Siamo stati costretti a denunciarlo. Altro che vittima!

– Direi che è abbastanza, – suggerí l'avvocato, posando una mano sul braccio dell'inviperita vedova.

– Concordo, – statuí Manrico, e fece cenno che potevano considerarsi liberi.

Rimasto solo, mandò alla Orru una mail con gli aggiornamenti. Si accorse allora che la sarda gli aveva a sua volta scritto un paio d'ore prima. Era riuscita a identificare l'interlocutore telefonico di Mangili, quel Fabrizio al quale il sopravvissuto all'incidente aveva chiesto notizie della «bambina». Rispondeva al nome di Ferrigni Fabrizio, trentasei anni, un piccolo precedente per violazione dei sigilli e costruzione abusiva, attualmente custode del cimitero di Monteampio. Arrivò un sms. Era di Vitale. Le telefonò.

– L'ho trovato, – disse lei. – Sono all'ingresso di via Golametto. Scusi il ritardo, ma era sempre irraggiungibile. Però quando ha acceso ha richiamato lui immediatamente. È un po' tardi, che faccio?

– Me lo porti e poi è libera. A dopo, – sussurrò, con un sospiro. La lunga giornata riservava ancora delle sorprese.

XXV

Mangili aveva appena fatto ingresso nel loculo quando ricevette una telefonata. L'omarino ne fu stupito. Comprensibilmente, visto che, come da intercettazioni, i suoi rapporti sociali sembravano prossimi allo zero. Manrico gli fece cenno che poteva rispondere.

– Sí? Ah... ma lei...

Mangili ascoltò le prime battute dell'interlocutore, e poi fissò con aria interrogativa Manrico. Come a dire: che sta succedendo, dottor Spinori? Il Pm rimandò l'interrogazione al mittente: e lo domandi a me? Poi, visto che l'altro continuava a fissarlo stordito, gli bisbigliò di attivare il vivavoce. Mangili eseguí. Si diffuse il timbro imperioso di Marilena Marinelli.

– E quindi, Mangili, la sua testimonianza è importante, perché lei è stato cosí vicino al povero Diotallevi, ne conosce tutti i segreti, e il pubblico, come lei potrà ben comprendere, adora i segreti... Mangili, è ancora lí? Ha capito che cosa le sto proponendo?

– La faccia parlare, – sussurrò Manrico.

– Veramente non ho afferrato bene... – disse Mangili.

– E allora glielo ripeto, – la Marinelli era salita di tono, e traspariva una lieve impazienza, – lei viene in trasmissione e ci racconta vita, morte e miracoli del morto, ovviamente non gratis, eh, ci mancherebbe, c'è un gettone per lei...

– Gli chieda quanto, – sussurrò ancora Manrico.

– Un gettone? E quale sarebbe...

– Be', potremmo arrivare a cinquemila euro, direi una discreta sommetta per un'intervista, non le pare, Mangili?

– Le chieda: e come la mettiamo con l'indagine in corso? – suggerí il Pm.

– Mangili? È ancora lí?

– Senta, signora, e come la mettiamo con l'indagine in corso?

– Ah ah ah! – sghignazzò la Marinelli. – E lei sta ancora appresso ai giudici? Ma li lasci perdere quelli, che non ci capiscono un accidente! I processi, ormai, si fanno fuori dall'aula! Noi siamo responsabili direttamente verso il popolo italiano, chiaro?

Manrico fece cenno a Mangili di passargli il cellulare.

– Dottoressa Marinelli?

– Sí? E lei chi è?

– Sono uno di quelli che non ci capiscono un accidente. Manrico Spinori, sostituto procuratore della Repubblica.

– Ma lei come si permette...

– Mi scusi, era solo per comunicarle che il signor Mangili in questo momento è davanti a me e sta per raccontarmi vita, morte e miracoli del de cuius. E non ha nessuna intenzione di parlare con lei. In bocca al lupo per la sua trasmissione.

Rese l'apparecchio al factotum.

– Adesso possiamo cominciare.

– Sono a sua disposizione, giudice.

– Come ha detto la Marinelli, lei era molto vicino alla vittima. L'autista. L'uomo di fiducia. C'era confidenza fra voi, immagino.

– Sí e no. Non è che mi dicesse tutto.

– Chi dice davvero tutto di sé stesso al resto del mondo, Mangili?

– Non la seguo, dottore.

– Sorvoliamo. Non le diceva tutto, ma... molto è piú realistico?

– Molto sí. Molto, mi diceva molto.

– Quanto c'è di vero in questa storia che ha raccontato Cetty Paternò?

– Vuole sapere se lui può essere andato a letto con Cetty? Sí, certo, mi stupirei del contrario.

Franco. Diretto, esplicito.

– Gli piacevano le ragazze, specie se giovani. Non fraintenda, eh, niente minorenni. Ma gli piacevano. Diceva che aveva visto da qualche parte che Mao, il dittatore cinese, andava a letto con le vergini per sentirsi rinvigorito... ora, mi disse, Gerry... quando era in vena mi chiamava Gerry... qua di vergini non se ne vedono molte in giro, bisogna accontentarsi, ma io sono di bocca buona...

– Del genere «questa o quella per me pari sono».

– Come, scusi?

Manrico fece un cenno come per dire, lasci perdere. Insomma, possibile che nessuno piú si ricordasse del caro, vecchio melodramma?

– Secondo lei, le ha promesso che avrebbe abbandonato la moglie e l'avrebbe sposata, questa Paternò?

– Forse. A lei come alle altre. La cosa incredibile è che tutte abboccavano. Be', forse non tutte, ma parecchie... lui stesso, il dottore, se ne stupiva, a volte.

E perché non avrebbero dovuto? Brans era famoso, di una fama un po' logora, d'accordo, ma sempre di fama si trattava. Le ragazze sognavano di sfondare nel mondo dello spettacolo. Due piú due... Strano che in quattro giorni dalla morte ne fosse spuntata una sola.

– Naturalmente, – riprese Mangili, – non avrebbe mai sposato nessuna di queste poverine.

– Però l'aveva fatto con la Bukaci, la sua ultima moglie.

– La signora Alina lui se la teneva ben stretta. Quella è una donna di un altro livello.

– E sapeva?

– Delle sue avventurette? Ma certo. Sapeva e lasciava correre. Una donna intelligente.

A Manrico sfuggí un sorrisetto. Una volta aveva speso quell'espressione, donna intelligente, con Adelaide. Lei aveva reagito con la consueta ironia. In un certo genere di linguaggio maschile, aveva spiegato, donna intelligente è sinonimo di colei che si tiene le corna senza protestare. Certo non era il suo caso, come si era visto dalla fine del matrimonio. Amen. Un punto per la vedova. Ma non doveva essere poi cosí intelligente, se dalle intercettazioni traspariva il rancore per le umiliazioni che la vittima le aveva inferto.

– Però a me faceva un po' rabbia e un po' tenerezza, – sussurrò, all'improvviso, Mangili.

– In che senso, scusi?

– Be', uno della sua età, andare con le ragazzine... sa cos'ha fatto una volta a Parigi? C'era andato per un concerto, ma poi era stato annullato. Si era chiuso nella stanza d'albergo con una escort, ma non ci aveva combinato niente. Gli era venuto da piangere. Sapesse quante volte mi ha detto: Gerry, a volte mi sveglio la notte e sono coperto di sudore e mi chiedo: è adesso? È questo il momento? È arrivata la fine? Ma se appena ieri mi sentivo un bambino e dentro mi ci sento ancora... questo mi faceva tenerezza.

– E la rabbia?

– Le illudeva, – inaspettatamente, il suo volto si era indurito, come percorso da una scarica di aggressività, – e poi, alla prova, non le aiutava affatto.

– Non una bella persona. E con lei come si comportava?

– Con me bene, – si riprese, tornando all'abituale mitezza.

– Me ne parli.

– Quando successe il fatto di mia figlia...

– Sua figlia?

Un'ombra di sofferenza velò lo sguardo di Mangili.

– Una disgrazia, qualche anno fa.

– Mi dispiace.

– La mia unica figlia. Barbara. Il dottore... sí, il dottor Brans, voglio dire, mi fu molto vicino in quel frangente.

Una figlia perduta. Doveva essere la «bambina» di cui Mangili parlava al telefono col custode del cimitero. Manrico alzò le braccia. Era la prima volta, da quando era cominciata questa storia, che aveva la sensazione di imbattersi in un sentimento autentico. Tutti gli altri gli erano apparsi figuranti di una recita oscena, indifferente verso la vita umana, concentrata sull'interesse. Mangili aveva appena esternato un dolore sincero. D'altronde, che cosa poteva rappresentare la perdita di un figlio, per un genitore? Era qualcosa che andava al di là della sua capacità di comprensione, in effetti. Un'offesa all'ordine naturale del cosmo. Provò un moto di pietà per Mangili. E il desiderio impellente di sviare il discorso.

– Che cosa faceva prima di lavorare per Brans?

– Ho sempre lavorato per società di produzioni, facevo l'autista, sbrigavo un po' di faccende, sono un po' figlio d'arte, mio papà organizzava comparse a Cinecittà, sa, all'epoca d'oro del cinema... lui li ha conosciuti tutti, Rossellini, De Sica, Fellini... e una volta che si facevano le riprese di un film mi mandarono a prendere il dottor Brans...

Il regista si era incapricciato di una canzone di Ciuffo d'Oro, e voleva a tutti i costi che facesse parte della colonna sonora del film. Il cantante chiedeva per i diritti una somma esagerata. Era stato organizzato un incontro. Mangili era stato incaricato di prelevare Brans.

– Ci siamo piaciuti da subito. Cioè, voglio dire, il dottore è stato molto gentile con me e mi ha chiesto se avevo voglia di fare qualche lavoretto extra.

– Tipo?

– Portarlo da qualche parte, quando serviva. Diceva che ero una persona discreta e poi... lo facevo ridere.

– Lei?

Mangili annuí, si fece serio, sospirò, aggrottò la fronte, come in cerca di concentrazione, bofonchiò qualcosa, chinò il capo per poi sollevarlo di scatto. E si produsse nell'imitazione di un famoso politico degli anni passati. Da lí, sotto gli occhi increduli di Manrico, passò a fare il verso ad altri personaggi famosi, un poliedrico presentatore televisivo, un calciatore afasico, un critico d'arte esagitato... Era decisamente irresistibile.

– Ma lei è...

– Il dottore diceva che sono un attore nato, – sussurrò Mangili, recuperando compostezza, – ma il fatto è che quando ho provato a farlo in pubblico mi vergognavo, diventavo tutto rosso e balbettavo...

– Però con Brans non andava cosí.

– Con lui mi sentivo a mio agio.

– Eravate amici.

– Gliel'ho detto, amicizia è una parola seria. Ma con lui mi sentivo bene. Anche se...

– Anche se?

Mangili sbuffò.

– A volte lui prendeva di mira qualcuno e mi chiedeva di fargli da spalla per delle scene... scene cattive.

– Cattive?

– Sí, lui mi chiedeva di impersonare qualcuno, di aiutarlo a fare degli scherzi crudeli... A me non andava molto.

– Veniva ricompensato per questo?

Mangili annuí piano.

– E le vittime? Come reagivano?

– Mah, sa, quelli non potevano fargli niente. Non era gente da cui lui potesse temere. Era... ecco, a volte si comportava davvero male.

– Lo definirebbe un sadico? Uno che amava far del male agli altri?

– No, – s'irrigidí Mangili. – Ma a volte era come se non fosse piú lui. Poi magari si pentiva e chiedeva scusa, o mandava una bottiglia in regalo, cose cosí.

– Le faccio una domanda a bruciapelo: lei pensa che qualcuno che si è sentito preso di mira avrebbe potuto vendicarsi?

– E come faccio a saperlo?

Ne aveva di lati oscuri, il povero deceduto! Seduttore, provocatore, illudeva fanciulle che poi scaricava... Mangili se ne stava quieto, in attesa di altre domande.

– Ho la sensazione che fra la signora Bukaci e il figlio di primo letto non corra buon sangue.

Mangili allargò le braccia.

– Matteo non ha mandato giú la separazione. Dice che il padre preferisce la sorellastra e che gli ha tolto qualcosa.

– Soldi?

– E forse qualcosa di piú. Una volta il dottore me ne parlò piú a lungo. Gerry, mi fa, mio figlio dice che è cresciuto senza padre, ma io che ci posso fare? Quell'arpia di sua madre me lo ha sequestrato...

– È andata davvero cosí?

– Non lo so. Comunque, per un po' il dottore ci aveva

provato, a rimediare, ma alla fine ci aveva rinunciato. Gerry, mi disse, se quello mi odia, che ci posso fare?

– Quindi non si vedevano mai...

– Ultimamente era stato Matteo a farsi sotto.

Manrico drizzò le antenne.

– In che senso?

– Me lo disse il dottore. Matteo gli aveva scritto qualche mail, voleva... fare la pace, credo.

– E il dottore?

– Da un lato gli aveva fatto piacere, dall'altro diceva: quello si è rubato i soldi e mo' non vuole pagare dazio... c'era sotto una questione di carte di credito, assegni...

Corrispondeva con le dichiarazioni della Bukaci.

– Dunque questa pace non ci fu.

– No, però so che si sono incontrati.

Manrico faticò a non saltare sulla sedia.

– Ricorda quando e dove?

– Mi faccia pensare... dev'essere stato tre... no, due giorni prima dell'incidente. Avevo accompagnato il dottore in banca, e siccome non c'era posto, in attesa che finisse stavo girando con la macchina. A un certo punto, sarà stata la terza volta che ripassavo davanti alla banca, li ho visti. Lui e il figlio.

– Matteo.

– Sí, Matteo.

– Due giorni prima del delitto.

– Sí. Ma non crederà che...

– Vada avanti, la prego.

– E niente. Stavano fuori dalla banca, e parlavano.

– Come? In che modo parlavano?

– Erano agitati. Matteo era molto agitato.

– Lei che ha fatto?

– E niente, io m'ero fermato, per capire se il dottore aveva bisogno di qualcosa, ma da dietro m'hanno suona-

to e allora mi sono dovuto spostare, ora quella è una strada stretta, dovevo ripartire, non potevo tornare indietro,
potevo solo andare avanti e fare il giro e ripassare. E cosí
ho fatto. Ma quando sono tornato il dottore era solo. Matteo se n'era andato.

Altro che «non ci parliamo da anni». Hai capito Matteo Diotallevi il freddo!

– Ne avete discusso, dopo? Lei e Brans?

– Io gli ho chiesto, ero curioso. Ma lui... il dottore fece
un cenno con la mano, e finí lí.

– Com'era? Di umore, intendo.

– Incazzato nero, giudice.

XXVI.

Si era deciso da tempo che Gavina Orru avrebbe festeggiato i suoi trentadue sfruttando un paio di giorni di ferie avanzate. Ma l'emergenza Ciuffo d'Oro aveva fatto saltare i piani. La sarda aveva dunque ripiegato su un apericena al *Colibrí*, vineria modaiola del quartiere Prati, non distante dalla cittadella giudiziaria. E dato che il dottor Spinori aveva dato disposizioni di socializzare con la nuova arrivata, Sandra Vitale si era incaricata di estendere l'invito a Cianchetti. Con sua somma sorpresa, e una punta di rammarico abilmente celato dietro il sorriso di circostanza, l'alta ispettrice aveva accettato. E cosí Deborah si era ritrovata a un microscopico tavolino, schiacciata contro la parete dalla bolgia del sabato sera, a sorseggiare un prosecco, piluccando finger food e tentando di impiantare una conversazione con le colleghe e i due maschi che completavano la compagnia: Nico, cancelliere della seconda sezione penale, quarantacinque anni, brizzolato, distinto, marito della Vitale, e Filippo, professore di italiano in un liceo di Cassino, grande appassionato di musica rock, cinema e teatro ed eterno fidanzato di Gavina.

Per la verità, piú che prendere parte alla chiacchiera, vi assisteva, ancora incerta se accettare l'invito fosse stata una scelta azzeccata. Aveva deciso di tenere per un po' a bagnomaria Diego, non era in vena di scorribande erotiche, e d'altronde le appariva intollerabile la prospettiva di un sabato sera solitario con pizza al taglio e birretta, o, peggio, con mamma e papà. Quando la Vitale le aveva proposto l'apericena, dunque, aveva accettato subito, e un po' si era divertita a leggere lo stupore della collega. Ma tant'è: il dottor Spinori avrebbe gradito, aveva detto anche a lei, come, supponeva, alle altre, che uno spirito di squadra era benvisto, quando si doveva lavorare insieme. Però, un po' alla volta, nonostante gli sforzi, si era sentita un'esclusa. E se n'era andata a fumarsi una sigaretta. Unica, fra le salutiste colleghe, a coltivare il vizio.

Sentiva montare inesorabile un senso di inadeguatezza che le provocava fitte dolorose. Era come se lei appartenesse a una specie diversa, e gli altri stentassero a riconoscerla. E dunque, non l'accettavano. Ma lei faceva qualche tentativo? No. Com'era quel libro che le aveva regalato la mamma? *La bambina porcospina*. Che scaccia tutti sparando gli aculei all'impazzata, salvo poi intenerirsi per un piccolo e impaurito cagnolino. Be', e 'sticazzi, tagliò corto, schiacciando con furia la sigaretta sotto il tacco, si vede che il cucciolo giusto per lei non l'avevano ancora inventato.

– Si vede la pistola.

Si voltò di scatto. Davanti a lei c'era Manrico Spinori, con l'aria sbattuta e un mazzo di fiori sotto il braccio. D'istinto Deborah abbassò lo sguardo. In effetti, il calcio della Beretta spuntava vistosamente dal fodero male agganciato alla cintura dei jeans. Sistemò meglio l'arma, arrossendo suo malgrado.

– Raggiungiamo il resto del gruppo, vuole?

Seguí il Pm nel locale. Orru, Vitale e relativi compagni lo accolsero con entusiasmo autentico. Non si aspettavano la sua visita. Non si aspettavano che si ricordasse del compleanno. Manrico porse con un inchino l'omaggio floreale e Deborah si accorse che non era l'unica donna ancora in grado di arrossire. La cosa le fece piacere. Si sentí meno aliena, e la Orru le ispirò una certa simpatia. Bloccò al volo una camerierina dal vistoso décolleté e chiese al Pm che cosa volesse bere. Manrico ci pensò un po' su, poi sussurrò «bollicine». Ricavarono per lui un posto fra la Vitale e il fidanzato della Orru. Il Pm estrasse dalla tasca il pacchettino che gli aveva dato Camillo e lo consegnò alla festeggiata.

– Fiori, ma anche opere di bene, Gavina.

La Orru scartò il regalo e lanciò un gridolino di gioia. E continuò ad arrossire. Deborah sbirciò. Biglietti del cinema. Embè, si disse, tutto 'sto casino per due biglietti del cinema... vabbè, mettiamo pure che siano venti. Ma poiché aveva la presunzione di conoscere bene sé stessa, sapeva riconoscere il sentimento che provava in quel momento. Il sentimento vero, non l'apparenza dettata dalla modalità «donna che non deve chiedere mai» che aveva scelto come uniforme di vita. Quel sentimento si chiamava invidia. Arrivarono le bollicine di Manrico. Il magistrato fece un brindisi alla salute di Gavina Orru. Tutti bevvero, dopo essersi fissati negli occhi. Se non lo fai vai incontro a sette anni di sesso cattivo. Chissà chi è stato il primo a imporre questa sciocca superstizione. La sua amica Chanel una volta aveva detto: sarà anche cattivo, ma sempre sesso è!

– Ci sono novità, – esordí, guardando intensamente la Vitale.

I compagni di Orru e Vitale si scambiarono un cenno d'intesa e si allontanarono. Manrico mise la squadra al corrente delle rivelazioni di Mangili.

– Cristo Santo! – sbottò Cianchetti. – Se era a Roma può aver segato lui il tubo.

– Litiga col padre, che respinge la sua richiesta di pacificazione, – s'inserí la Orru, – e si vendica tagliando il tubo. Poi se ne torna a Londra...

– Prima di trarre conclusioni affrettate, – disse Manrico, – dobbiamo accertare se la sera del delitto era ancora qui o era già ripartito per Londra. Vi ricordo che la mattina dopo il delitto, quando abbiamo saputo che si trattava di delitto, e non di incidente, lui era già a Londra. Orru, un controllo rapido sulle compagnie aeree.

– Certamente, dottore.

– Sta bene. Non voglio rovinarvi oltre la serata. Vado a sgabbiare i vostri fidanzati.

Manrico sgusciò via. Deborah ne approfittò per raggiungere lo spazio fumatori, dove marito e fidanzato di Vitale e Orru se ne stavano corrucciati in un cantuccio. Manrico attirò la loro attenzione e fece segno che potevano rientrare. I due non se lo fecero ripetere. Si voltò, e si ritrovò faccia a faccia con Cianchetti.

– Torni di là e finisca la serata in pace.

– Secondo me, non sono gradita.

– Non dica fesserie. È un ordine. E la prossima volta che viene al *Colibrí* però la pistola la lasci a casa. Ho impressione che il look «Fanciulla del West» stoni col contesto.

Con le colleghe, Deborah resistette un quarto d'ora e poi se ne andò mestamente. Non era cosa. Non per il momento, almeno. Piú tardi, incuriosita, fece un controllo su Wikipedia. Alla voce «Fanciulla del West» s'imbatté in un'opera di Puccini. Ma era proprio fissato, il magistrato! Per quel poco che si riusciva a capire della trama, si parlava di una certa Minnie, la padrona di un'osteria innamorata di un minatore, o qualcosa di simile. Un western, insomma. Ah, forse per questo il dottore l'aveva evocata. Certo che cowboy e tenori insieme dovevano fare uno strano effetto.

Mentre la Cianchetti si tormentava, un esausto Manrico scivolava accanto alla camera da letto di donna Elena, sperando che il suo incedere affaticato non destasse la madre dal suo sonno impalpabile. Inutile.

– Manrico? Sei tu?

– Sí, mamma, è tardi, dormi.

– Manrico, figlio mio, vieni qui, dammi un bacio...

Entrò. Non c'era altro da fare. La madre era in vestaglia, alla scrivania. Altro che letto. Sveglissima, e davanti allo schermo pulsante del computer.

– Figliolo, non è che potresti darmi una mano? Non riesco a sbloccare questo sito...

Manrico andò alle sue spalle e lanciò un'occhiata al display.

– Mamma, tu non puoi sbloccare questo sito per la semplice ragione che tu non puoi accedere a questo sito.

– E come mai? Non riesco a capire...

– Perché io ho inserito un software che ti inibisce l'accesso ai casinò on-line...

– Oh, che sbadata! L'avevo dimenticato... tesoro, non è che potresti per una volta...

– Buona notte, mammina cara.

Salendo le scale che portavano alla sua stanza da letto, si domandava una volta di piú perché la smorfia delusa della vecchia contessa avesse ancora il potere di fargli sanguinare il cuore.

XXVII.

La stampa non aveva levato l'assedio. Anzi. Cetty
Paternò era tornata dalla Marinelli e aveva annunciato
che avrebbe partecipato al prossimo *Festival di Sanremo*
con un brano dedicato al suo «amore perduto». La na-
scita di una nuova stella della canzone aveva allargato la
platea dei questuanti. Manrico fu nuovamente costretto a rifugiarsi al terzo piano, che raggiunse infiltrandosi
come un clandestino dal garage sotterraneo della Corte
d'Appello. Sulla scrivania del loculo la Orru aveva già
depositato la prima informativa della giornata: dai controlli presso le compagnie aeree veniva fuori che Matteo
Diotallevi era a Roma la sera del delitto. Era rientrato
a Londra col primo volo del giorno successivo. Mangili
non mentiva. Padre e figlio si erano incontrati. Restava
da collocare Matteo Diotallevi nei pressi della macchina
del morto e all'ora giusta. Cosí avrebbero avuto un serio
sospetto. Si poteva provare a localizzarlo tramite il telefonino. Matteo Diotallevi, però, aveva una scheda inglese, e questo complicava le cose. Un telefono straniero
lo puoi intercettare quando è in Italia, ma per ottenere
i tabulati di un periodo in cui non era intercettato serve
una rogatoria internazionale. Roba da minimo due settimane, sempre che gli inglesi collaborassero. Il che, tenuto conto dell'affetto che usavano mostrare ai partner
europei, era tutt'altro che scontato.

– Possiamo provare con il traffico generico, – suggerí Vitale.

Vale a dire raccogliere i dati di tutte le celle telefoniche nel raggio di tre-cinque chilometri dal luogo dove era parcheggiata la Iso Rivolta di Ciuffo d'Oro. Un lavoro immane. Ma andava fatto.

– Sta bene. Chiederò a Melchiorre di ricorrere a sistemi persuasivi per avere i tabulati quanto prima. Nel frattempo...

– Lo arrestiamo, – proclamò, aggressiva, Cianchetti.

– Sicura? – Nel tono di Manrico c'era una sfumatura ironica che la poliziotta non colse.

– Altroché!

– Solo per una bugia?

– Solo? – trasecolò lei. – Dottore, con tutto il rispetto, ma che cavolo dice?

– E meno male che hai detto rispetto! – chiosò Vitale.

– Continui, la prego, – la incoraggiò Manrico.

– Era a Roma e ha incontrato il padre. I tempi coincidono... ha tagliato quel tubo in un momento in cui coso, Mangili, non sorvegliava la macchina, e poi è filato via.

– Vada avanti, – annuí Manrico.

– Ha colto l'occasione al volo, – ora Cianchetti era decisamente scatenata, – ha agito d'impeto.

– Quindi niente premeditazione, – sussurrò Manrico.

– Cioè, – cercò di rettificare Cianchetti, – lui ha deciso ma sta aspettando l'occasione. Segue il padre. Diciamo che ha il biglietto di ritorno per la mattina dopo. Ora o mai piú. Se non gli capita adesso l'occasione parte, e poi lo farà un'altra volta, ma l'occasione arriva e agisce!

– Se non lo mettiamo sulla scena del delitto sono solo congetture.

Cianchetti non intendeva darsi per vinta.

– Be', comunque c'è pericolo di fuga. Vive a Londra, no?

– Ha detto che avrebbe atteso il funerale, – disse Orru, – potremmo negare il nulla osta.

– Seeh! – commentò sarcastica Cianchetti. – Se quello poco poco fiuta l'aria prende il primo volo e chi s'è visto s'è visto. Va' a fartelo dare poi dagli inglesi, ammesso che non se ne scappi in Sudamerica.

– Seeh, – le fece il verso Vitale, – abbiamo per le mani Pablo Escobar! Ma hai idea di che cosa significhi buttarsi al «latino», Cianchetti?

– Latino sarebbe a dire latitante, – si sentí in dovere di precisare Orru.

– Guarda che due anni di antimafia me li sono fatti pure io! – reagí piccata Cianchetti.

– Per favore, silenzio! – intimò Manrico.

Vitale alzò le braccia. Cianchetti mormorò scuse sommesse. Stava esagerando. Ma porca miseria, passi se il giudice è garantista, ma le colleghe… che deve fare uno in Italia per farsi arrestare? Questo Matteo Diotallevi bisognava soltanto sbatterlo dentro, lavorarselo un po' e sicuramente avrebbe confessato!

Manrico, intanto, stava riflettendo. Anche se espresso in modo un po' pittoresco, l'argomento della new entry non era privo di suggestione. Contrariamente a quanto crede la maggior parte della gente, il carcere preventivo non è un anticipo sulla pena, ma risponde a esigenze diverse. La pena tocca solo a chi è condannato in via definitiva. La custodia cautelare è tale, cautelare, appunto, perché serve a garantire che l'imputato non si sottragga al processo, non inquini le prove, non commetta altri reati. Quindi, puoi catturare il sospetto se temi che possa truccare le carte, fare del male a qualcuno o scapparsene. Che era poi il caso di Matteo Diotallevi, residente a Londra.

– Per l'omicidio è poco. Il Gip non ci darebbe mai la misura... perché ricordo a me stesso, Cianchetti, come dicono gli avvocati, che il Pm chiede, ma a decidere è il giudice. Quindi, non se ne parla. Resta il 371 bis. False dichiarazioni al Pm. Potremmo attaccarci a quello, siccome ci ha mentito, e ritirargli il passaporto. Ma...

– Ma?

– Ma se incrimini qualcuno per 371 bis poi devi aspettare la fine del procedimento principale, e nel frattempo gli hai rivelato che stai indagando su di lui, e quello si chiude come un riccio...

– Perché sino a mo', dottore...

– Cianchetti, la tenacia è una qualità che apprezzo molto. Ma come si dice a Roma, a volte bisogna darsi una calmata. Non so se mi sono spiegato. In ogni caso, ho deciso. Niente misura, niente di niente. Proseguiamo con i testimoni e stiamo a vedere che succede.

Senza dire una parola, perché ogni parola sarebbe stata un errore, e lei se ne rendeva perfettamente conto, Cianchetti uscí dal loculo masticando amaro. Orru e Vitale lanciarono a Manrico un'occhiata eloquente. Come dire: quanto prima ce la leviamo di torno, tanto meglio è. Manrico finse di non accorgersene. Ma era innegabile: Cianchetti stava mettendo a dura prova la sua convinzione che bisognasse dare a tutti una prima, una seconda e anche una terza possibilità. Squillò il cellulare. Brunella lo informava che i giornalisti avevano tolto l'assedio.

– Come ha fatto a convincerli?

– Gli ho detto che lei ha la bronchite e non sarebbe venuto in ufficio.

– Geniale!

Bene. Si poteva rientrare all'ovile. Strada facendo compulsò il cellulare. Nessuna comunicazione da Maria Giulia, la bella appassionata d'opera. Eppure, le aveva inviato due altri messaggi, a suo giudizio di una certa discreta eleganza. Mah. In ufficio lo attendeva l'assistente del professor Gatteschi, la ragazza della quale non riusciva in nessun modo a ricordare il nome. Indossava un tailleur pantaloni beige e una camicetta di seta con un disegno floreale. Disponeva di notevoli occhi verdi. Gli porse una busta, arrossendo.

– La manda il professore.

Manrico annuí e lesse. Diotallevi, Ciuffo d'Oro, era risultato positivo a un mix di cocaina ed eroina. L'elevata concentrazione lasciava intendere un consumo recente e abbondante.

– Il professore si scusa per il ritardo, si era rotta una delle macchine dell'istituto.

– Ringrazi il professore da parte mia, dottoressa...

– Si figuri, giudice, è stato un piacere.

Nuovo rossore. Ma che le piacesse? Lui? Quanti anni poteva avere l'assistente senza nome? Qualcuno di piú della Cianchetti, ma non troppi di piú. E allora? Era forse terreno di caccia? Ma per la miseria! Ma l'avrebbe mai perso il vizio di fantasticare su ogni donna che gli mostrava un minimo di simpatia? Non gli era bastato mandare a rotoli un matrimonio? Doveva, invece, concentrarsi sulla vera notizia. Ciuffo d'Oro era un tossico. Be', diciamo piú correttamente un consumatore. E comunque: hai capito, la buonanima! Paladino della famiglia col vizio delle ninfette, moralista e strafatto.

XXVIII.

L'accostamento droga - mondo dello spettacolo era con-
sueto. Nessuno stupore che Ciuffo d'Oro pippasse cocaina.
E magari non c'entrava niente con l'omicidio. Il morto, un
benestante, diciamo pure ricco, si riforniva evidentemente da qualcuno, e questo qualcuno, il suo pusher, aveva
tutto l'interesse a mantenere in vita la gallina dalle uova
d'oro. Se anche, per ipotesi, l'ex cantante avesse «tirato
una sòla», cioè si fosse appropriato di droga non pagando-
la, scatenando quindi la ritorsione del pusher, il simulato
incidente sarebbe stato l'ultimo sistema al quale l'ipote-
tico truffato avrebbe fatto ricorso. I pusher non segano
i freni. I pusher sparano in testa o spezzano le gambe, e
se non hanno il fegato di agire in prima persona, si servono all'uopo di qualche mozzaorecchie di loro fiducia. Su
questa linea interpretativa, espressa da Manrico durante
una breve riunione nel suo ufficio, l'intera squadra si ritrovò d'accordo, inclusa Cianchetti. Tuttavia, individuare il pusher poteva portare elementi utili all'indagine, e
dunque si doveva scavare in quella direzione. Le poliziotte
furono autorizzate a rivolgersi agli informatori, e Vitale,
che aveva lavorato in passato in quell'ufficio, fu delegata
ai rapporti con l'antidroga, che andava naturalmente messa al corrente dell'accaduto.

– Da un po' di tempo per i Vip funziona col servizio a
domicilio, – spiegò intanto Vitale.

– Vero, – concordò Orru.

– I pusher di un certo livello hanno il loro giro, pochi clienti selezionati, sempre quelli, nessun contatto diretto, nessuno va mai per strada, e per comunicare usano chat criptate.

– I numeri telefonici però restano registrati, – obiettò Manrico.

– Basta usare schede usa e getta e l'ostacolo si aggira. I professionisti lo fanno.

– Che ci dicono i tabulati di Ciuffo d'Oro al riguardo?

– Ci sono due o tre contatti di questo tipo, – intervenne, pronta, Orru, – contatti con schede che poi non generano traffico.

– Magari usava come intermediario 'sto Mangili, – suggerí Vitale.

– Bene, lo risentiamo, – annuí Manrico, – è l'uomo di fiducia di Ciuffo d'Oro. Può sapere qualcosa, o essersi accorto di qualcosa. Convochiamolo per domani. C'è altro?

– Pinocchietto, – disse, decisa, Deborah.

– Prego?

– Felici Tudor, inteso Pinocchietto. Il pusher che ho incontrato agli studi di registrazione. Non può essere un caso. Lui lavora là, Ciuffo d'Oro ci va poche ore prima di essere ammazzato. Ciuffo d'Oro è pieno di droga, Pinocchietto vende droga. Mi pare chiaro, dottore, no?

– Ma non aveva cambiato vita?

– Seeh, e quando mai! Certa gente non cambia, dottore. Solo le anime belle credono ancora alla rieducazione e a tutte quelle cavolate!

– Cianchetti, Cianchetti... – sospirò Manrico. – Un giorno o l'altro dovremo farci una bella chiacchierata. Comunque, se ho chiesto a Gatteschi di fare quelle analisi è perché lei mi ha messo una pulce nell'orecchio. Quindi, onore al merito e vada a dare un'occhiata.

E cosí, inforcato lo scooter, la poliziotta si fiondò agli studi di via Poerio e domandò di Felici Tudor, inteso Pinocchietto. Quelli della vigilanza le dissero che si era licenziato prima della scadenza del contratto. Molto, molto sospetto. Aveva lasciato un indirizzo al Pigneto. Deborah ci andò. Non c'era nessuno. Una vicina la informò che l'aveva visto andarsene di mattina, con una ragazza nuova, e, per giunta, con una nuova macchina. Deborah si complimentò per il suo spirito di osservazione.

– Ah, io c'ho tempo, fija, tutto quello che manca pe' fini' all'alberi pizzuti!

– Su, non dica cosí, signora.

– Senti un po', ma perché te interessa quer disgraito?

– Normali controlli.

– Ma quanno mai! – La vecchia era decisamente acida. – E mo' ce credo! Quer fijo de bona donna piagne miseria, nun c'ha mai 'na lira e de corpo te lo ritrovi co' 'na machina nova, tutto acchitto… e penza' che me deve tre mesi de pigione!

Fuggitivo e baciato da repentino benessere. Molto, molto, molto sospetto.

– Signo', se per caso dovesse rientrare in casa, mi faccia uno squillo a questo numero.

– Ce poi giura', fija!

XXIX.

Alle diciannove in punto Manrico sedette al solito tavolo alla solita enoteca, premurosamente assistito da Piero, il
direttore di sala. Per l'occasione aveva optato per un completo scuro con camicia bianca senza cravatta. Formale, ma
non overdressed. Maria Giulia Lodi aveva infine accettato
il suo invito. L'attesa dell'imminente incontro cancellava
ogni mestizia, inducendo in lui una sincera e frizzante euforia. La vita tornava a sorridere. E Roma non era forse
quella dolce seduttrice immortalata da D'Annunzio, che piú
di chiunque altro era andato vicino a coglierne l'essenza?
Maria Giulia si presentò con venti minuti di ritardo e
l'incedere noncurante di chi è consapevole di appartenere
alla razza padrona. Confessò, al secondo calice di cham-
pagne, di avere effettivamente un quarto di sangue turco
per via materna. Manrico, che di calici ne aveva già fatti
fuori quattro, la trovava ogni istante piú incantevole. Ed
eccitante. Il lungo collo, gli zigomi alti, il seno – se ne in-
travedeva la forma, sotto un maglione leggero dall'incon-
fondibile tessitura missoniana e la camicetta di seta verde – una tenue traccia di profumo, le lunghe ciglia. Restò
basito quando da un paio di frasi lasciate cadere con va-
ghezza intuí che Maria Giulia stava per superare i cinquanta. Gliene aveva dati almeno dieci di meno. Ma da dove
le veniva tutta quella freschezza? Il discorso cadde presto
sull'opera. Sua nonna era stata una danzatrice classica.

Da qui la passione per il palcoscenico, trasmessa a tutta
la famiglia. Avrebbe danzato anche lei, se non l'avessero
obbligata agli studi. Nei quali, purtroppo, aggiunse, con
un tocco di civetteria, eccelleva.

– E tu? Come hai cominciato?

– Grazie a mia madre.

– Certo. La contessa Spinori della Rocca, madre di Manrico Spinori della Rocca e quel che segue...

– Facciamo lo stesso lavoro? Guarda che l'investigatore sono io.

– Ma no, è che me ne intendo un po' di navigazione in
rete... Comunque, capisco. Il casato, la tradizione di famiglia...

– Per la verità sino a un certo punto l'opera mi era decisamente antipatica.

– Fammi indovinare. Tutt'a un tratto è arrivata la rivelazione. Dov'è successo? Alla Scala, immagino...

– No. Alla Salamandra.

– Mai sentito nominare. Nome strano, per un teatro.

– Non è un teatro. Era una villa. Cioè, lo è ancora. Solo che non appartiene più alla mia famiglia.

– Problemi di eredità?

– Problemi di gioco... ma è una lunga storia. Comunque. Avevo sei, no, sette anni. Mia madre aveva un palco
al Costanzi. Mio padre ci accompagnava raramente, era
sempre molto impegnato. Credo che in cuor suo detestasse l'opera. Non tanto l'opera in sé, piuttosto l'ambiente,
il contorno, diciamo. Io studiavo già il piano.

– Suoni?

– Maluccio. Insomma, la Salamandra è una vecchia villa
sulla via dei Laghi, con un bel parco, ci andavamo l'estate.
Una volta, quella volta, quella che è stata così importante
per me, mia madre aveva organizzato un recital. C'erano

un po' dei suoi amici, scrittori, pittori, lei amava la gente di cultura, e questa donna bellissima che cantava, accompagnata al pianoforte da un giovane, poco piú di un ragazzo... non so per via di quale incantesimo, qualcosa si sciolse dentro di me quando lei cantò *Casta Diva*... Lei...

– Non mi dire che...

– Sí, lei. In quel periodo capitava che si esibisse per una ristretta cerchia di appassionati. Erano occasioni uniche, e unica sarebbe rimasta quell'emozione nella mia vita. *Casta Diva*. Piansi. Improvvisamente piansi. Mi capita ancora. Ci sono momenti in cui la commozione mi afferra, e sono come rapito, il tempo si annulla, e ogni scudo protettivo cede, si arrende... scusami, a volte la retorica mi prende la mano.

– No, – interruppe lei, un lampo divertito nello sguardo, – fa un po' «vissi d'arte», ma ti ringrazio per avermene messo a parte.

Be', senza rendersene conto le aveva raccontato un segreto che fin lí aveva diviso solo con Adelaide. La sua ex moglie, però, quando le aveva raccontato della Salamandra, aveva sparato una battutaccia assai piú acida. L'aveva messo al tappeto. E da lí aveva capito alcune cose fondamentali. Che con un certo tipo di donna non ci si doveva mai abbandonare sino in fondo, ma occorreva mantenere alta la soglia della vigilanza. Che Adelaide era quel tipo di donna. Che quel tipo di donna lo faceva impazzire. Che ciò che desiderava nel profondo era, appunto, sgretolare la vigilanza e consegnarsi a lei. La «lei» ideale, che non esiste e mai esisterà, e la «lei» in carne e ossa di turno. Adelaide lo era stata. Per molti anni. Ma di chi stava parlando, ora? Di quale lei? Di Adelaide o di questa bella sconosciuta che ora si mordeva il labbro e gli passava due dita sul dorso della mano?

Interpretò il sorriso errabondo di Maria Giulia come un incoraggiamento a proseguire. Le disse che grazie a quella magica serata aveva imparato il significato stesso delle passioni. Aveva diffidato del tetro Giovanni da Procida nei *Vespri siciliani*. Era disposto a chiudere un occhio su Don Giovanni, perché il libertino era decisamente preferibile ai bigotti che lo circondavano. Aveva odiato Germont padre per la viscida ipocrisia con cui stroncava la vita di Violetta, salvo poi lodarne il «sacrifizio».

– Ah, quant'è vero, – lo confortò lei, – io strozzerei con le mie mani quell'ignobile puttaniere di Pinkerton.

– Per non parlare di Rodolfo: Mimí è tanto cara, ma è malata...

– E quindi buttiamola via, no? Invece Cavaradossi coglie nel segno, quando dice che Tosca è tanto brava, ma è credente.

– Dunque bizzoca.

– E infatti lo perde.

– Per gelosia.

Andarono avanti per un po' su questo tono. A Manrico venne voglia di esporle il suo credo. Dirle dei casi che aveva risolto pescando nei classici del melodramma. Era sicuro che avrebbe condiviso, che non l'avrebbe guardato come un pazzo. Forse. E forse una simile mossa era prematura. Lei lo prese in contropiede.

– In fondo, fra il tuo lavoro e il melodramma c'è un certo legame, Manrico.

– In che senso?

– Il delitto è spesso il regno delle passioni, no? Mette a nudo le nostre pulsioni profonde. Una sorta di melodramma amplificato e, purtroppo, realistico... d'altronde, ti sarai pure imbattuto in delitti che ti ricordano, chessò, Verdi, Wagner o Rossini.

Manrico restò senza parole. Si stava diffondendo tutt'intorno un forte, pericolosissimo profumo di anima gemella. Piero si affacciò, e riempí per l'ennesima volta i calici. Toccarono le flûte. Manrico cercò di deviare il discorso.

– Si può dire altrettanto degli algoritmi che tu frequenti, Maria Giulia?

– In questo momento la comunità scientifica è percorsa da un accanito dibattito che investe il concetto di intelligenza artificiale.

– Parlamene.

– La prossima volta. Ora ho voglia di tornare a casa e bere un goccio di whisky.

– Ti accompagno.

– Ho voglia di tornare a casa per bere un goccio di whisky con te.

Si fissarono, e davvero non c'era bisogno di aggiungere altro.

Nessuno dei due se la sentiva di guidare: troppo brilli, se non proprio ebbri. Cominciarono a baciarsi in taxi. Completarono l'opera nell'appartamento di lei, quattro stanze con vestigia di una solida tradizione, in via Lorenzo il Magnifico, fra piazza Bologna e la stazione Tiburtina. Lei gli disse che poteva fermarsi per la notte.

Il dipartimento è in sciopero, domani non lavoro.

Due pensieri contraddittori e belligeranti destarono Manrico, in un letto che non era il suo, intorno alle quattro di quella stravagante notte. Il primo riguardava il rapporto fra desiderio e felicità. Aveva desiderato la donna dai corti capelli bruni che dormiva al suo fianco, e l'aveva avuta. E ne era felice. Sesso. Piacere. Desiderio. Una parte ineliminabile del rapporto fra un uomo e una donna. La voleva ancora. Su questo non c'era dubbio. Ma ecco che il secondo pensiero entrava in conflitto. Un senso di straniamento, e anche di estraneità. La permanenza fra quelle lenzuola gli sembrò d'improvviso eccessiva. Una sorta di impegno che non aveva intenzione di assumersi. Non al momento. Scivolò alla chetichella fuori dal letto, si rivestí badando a ridurre al minimo i rumori e si allontanò, furtivo, nell'oscurità.

Sarebbe rimasto sorpreso se si fosse accorto che Maria Giulia aveva assistito all'intera pantomima, vigile, ma immobile, col respiro sospeso, un po' ironica e un po' delusa. Lui le era piaciuto sin da quando i loro sguardi si erano incrociati all'Opera, durante l'intervallo dell'*Idomeneo*. Piú avanti, aveva intuito in lui abissi sul cui orlo si sarebbe spinto in una sorta di sfida contro sé stesso, e nello stesso tempo la prudenza, forse anche il calcolo, di chi comunque è attento a riportare indietro la pellaccia. Ma forse concettualizzava troppo. Le era piaciuto, e bastava questo. Nessuno dei due aveva l'età del corteggiamento e dei pudori, perciò se lo era portato a letto al primo appuntamento. I preliminari fanno piacere quando si è già nudi, il balletto delle convenienze è per i puritani. Come amante si era dimostrato generoso, attento, audace. Scavando, forse, si potevano portare a galla altri desideri, per ora, forse per prudenza, nascosti. Anche lei, del resto, non si era totalmente svelata. Avrebbe indagato. Sempre che ne fosse nata una storia. Presto per dirlo. Presto per dire se si era imbattuta in un compagno con cui percorrere un pezzo di strada o nell'ennesimo fantaccino da una scopata e via, l'evanescente uomo contemporaneo nel quale si stava specchiando l'intero genere maschile. L'ideale sarebbe l'amore che strappa i capelli, il lancio di perle al vento, le carni dilaniate nell'estasi. Una meta riservata a pochi, l'invidia di ognuno. Una meta che presuppone anche sacrificio, il cedere una parte di sé. Ma lei era disposta a rimettersi in gioco? Lo erano entrambi? Intanto, lui avrebbe dovuto evitare di eclissarsi come un ladro nella notte. Una palese caduta di stile. Era pure avanzata una coda di desiderio da onorare. Invece, via. Un punto contro il Trovatore. E canticchiando *Mi chiamano Mimí* si dispose ad attendere il sonno.

XXX.

La rappresentanza della libera stampa si era ridotta a un collaboratore dell'Ansa, che bivaccava fuori dall'ufficio di Manrico con l'accordo di divulgare agli altri colleghi eventuali novità. Il Pm si avvicinò all'uomo, che vedeva bazzicare da anni gli uffici giudiziari e che aveva sempre riportato le notizie in modo corretto, e gli chiese il motivo di quella smobilitazione.

– Ah, è per il fatto di stanotte.

– Che fatto?

– Ma ne stanno parlando tutti i social! Lei non si tiene aggiornato?

– Sono felicemente estraneo a quel mondo. Su, me lo dica lei: che è successo?

– Una ha ammazzato il marito.

– Ah.

– La moglie. Dice che lui era un violento.

– Non sarebbe l'unico.

L'uomo abbassò la voce.

– Dice che lei l'ha addormentato col sonnifero, poi j'ha dato foco, proprio tipo le streghe, c'ha presente? E poi l'arrosto l'hanno buttato ai cassonetti, lei e er fijo, che j'ha dato 'na mano…

– Macabro. Capisco l'interesse.

– Comunque, consiglie', se non ci sono novità io andrei a seguire quell'altra storia.

– Vada, vada pure.

Il caso del giorno era dunque già diventato il caso di ieri. Manrico ringraziò il giornalista e salutò Brunella, che tanto per cambiare si stava soffiando il naso e aveva gli occhi arrossati.

Mangili lo attendeva, compostamente accomodato in punta alla seggiola dei convocati. All'ingresso del magistrato balzò in piedi, come lo scolaro quando irrompe nella classe il signor preside. Indossava una camicia a righe con un'oscena cravatta a pallini, tenuta che ne accentuava l'aria dimessa e mesta. Manrico, con il cuore ancora fibrillante dell'anarchico scompiglio notturno, provò una fitta di rammarico. Ah, l'ingiustizia del divenire! Tanta vitale felicità in un uomo e tanta misera rassegnazione in un altro. Si strinsero la mano.

– Ha trovato lavoro, signor Mangili?

– Mi sto dando da fare, dottore.

– Si accomodi pure.

– Grazie.

Manrico introdusse cautamente l'argomento «droga» con una domanda generica.

– Ho letto in rete che il povero Diotallevi sosteneva campagne contro l'uso degli stupefacenti.

– Era in prima linea, sí, – confermò Mangili, – e contribuiva con una certa generosità. Era uno dei motivi che ci avevano fatto diventare... che ci legavano.

– L'odio per le droghe.

– Quando uno ci è passato, dottore.

– Lui ci era passato?

– Lui e io, tutti e due.

– Non ce la vedo nei panni del tossico, Mangili.

– Non io. Mia figlia.

Ed ecco che tornava il tema della figlia. La figlia perduta. Quando saltava fuori, Mangili si rabbuiava. E sembrava affiorare in lui una vena di asprezza che stonava con l'idea che ci si poteva fare a prima vista. C'era, dunque, uno strato piú duro, sotto la superficie. E si confermava la sua sensazione iniziale: fra tutti quelli che avevano circondato il morto, lui si era dimostrato, sinora, l'unico essere umano.

– È stata una storia come tante, – riprese l'omino, – Barbara ha cominciato a drogarsi.

– Eroina?

– Un po' di tutto. Il dottore mi aiutò a trovarle posto in una comunità, La Lucerna nella Sera. Era amico del fondatore. Per un po' sembrava che funzionasse, poi...

– Poi?

– Niente. Barbara non ce l'ha fatta.

– Capisco.

– Era uscita dalla comunità, una sera. In cerca di roba, immagino. Un automobilista pirata l'ha investita.

– Una disgrazia.

– Se non si fosse drogata, non sarebbe successo.

Ora Mangili aveva gli occhi lucidi. Il ricordo doveva essere insopportabile. Ecco uno di quei momenti in cui il mestiere dell'inquisitore appariva ingrato, e fors'anche crudele.

– Le chiedo scusa per quanto sto per dirle, ma... abbiamo scoperto che quando è morto Diotallevi era pieno zeppo di cocaina.

Mangili non sbiancò, non strepitò, non saltò sulla sedia. La sua reazione fu sin troppo composta. Un lieve aggrottare della fronte, l'annuire lento di chi è consapevole. Fu Manrico a mostrare una certa sorpresa.

– Lei lo sapeva!

– No, ma... senta, dottor Spinori, gliel'ho detto. Lui ci era passato. Perché crede che poi sia diventato cosí duro addirittura con chi si faceva le canne? Perché ha rischiato di rovinarsi la vita, con la roba. Ha passato mesi in clinica a disintossicarsi, questo prima che ci conoscessimo, e io penso che abbia avuto una ricaduta.

– Forse non era la prima.

– Non lo so. Ma se mi metto a pensare... certe volte spariva per qualche giorno e non mi voleva fra i piedi... io ho sempre creduto che fosse per qualcuna delle sue avventurette, invece magari... quegli sbalzi d'umore, quel suo diventare cattivo, stupidamente cattivo... forse dipendevano... Può darsi. Comunque, sarei stato l'ultimo a cui avrebbe confessato una cosa del genere. Sapeva bene come la penso.

Entrò, senza bussare, Cianchetti. Eccitata, sventolava, dei fogli.

– Questa deve leggerla assolutamente, dottore!

– Cianchetti...

La poliziotta si accorse di Mangili, e alzò le braccia.

– Mi scusi. Torno dopo.

– Sarà meglio.

L'ispettrice uscí, chiudendosi delicatamente la porta alle spalle. Mangili tossicchiò. Era pallido, ora. La conversazione l'aveva messo a disagio.

– Se non ha piú bisogno di me...

– Prima, quando siamo stati interrotti, lei mi stava dicendo: Diotallevi non avrebbe mai ammesso con me una sua ricaduta. Sapeva come la penso. Ecco: come la pensa, Mangili?

– Penso che per gli spacciatori ci voglia la pena di morte.

XXXI.

CETTY   Amo'... so' io.

GRAZIANO   Cetty! Ma da 'ndo stai a chiama'?

CETTY   È un telefono novo, è sicuro, l'avvocato m'ha detto che è mejo se per un po' nun uso er mio... questo è de 'n'amica...

GRAZIANO   Be', e che voi da me?

CETTY   Amo', e manco me saluti?

GRAZIANO   Hai visto che ore so'? Io domani c'ho da lavora', mica faccio l'artista come te...

CETTY   Amo', c'avevo voja de sentitte!

GRAZIANO   E allora m'hai sentito, e mo' bonanotte.

CETTY   Amo', stai incazzato co' me...

GRAZIANO   Vorrei vede'!

CETTY   E c'hai ragione, ma io tutto quello ch'ho fatto...

GRAZIANO   Ah, sí, e ch'hai fatto? I bocchini a quer vecchio schifoso?

CETTY   E nun parla' cosí!

GRAZIANO   Ah, scusa, baronessa... come se dice in italiano? Quanno glielo prendeva in bocca, signora baronessa?

CETTY   Ma nun capisci! Io l'ho fatto per noi, per il nostro futuro!

GRAZIANO   Be', te lo potevi risparmia', io non t'ho chiesto niente.

CETTY   Amo', passiamo sopra a 'sta brutta cosa! Ricominciamo! Hai visto che so' stata in televisione?

GRAZIANO   E hai detto a tutti che te dovevi sposa' cor vecchio! E certo che t'ho vista!

CETTY   Ma lui cosí diceva! E io penzavo: mo' se sposamo, e poi divorziamo, e io torno co' Graziano mio.

GRAZIANO   Seeh, e mo' quello te sposava. A te!

CETTY   Amo', però è stato de parola. M'ha presentato alle persone giuste. Mo' me fanno un contratto, anzi, me l'hanno già fatto, vado a *Sanremo*, oh, hai capito, *Sanremo*!

GRAZIANO   E cosí armeno ha fatto 'na cosa bona, prima da stira' le gambe, st'infame!

CETTY   Nun di' cosí, poverino, che brutta fine ha fatto!

GRAZIANO   Ha fatto 'a fine che se meritava!

CETTY   Va a sape' chi j'ha segato li freni!

GRAZIANO   Uno bravo, damme retta...

CETTY   Amo', nun è che te...

GRAZIANO   Io che?

CETTY   Nun è che hai fatto 'na cazzata?

GRAZIANO   Io? E se pure? Com'hai detto tu: l'ho fatto per te, amore mio, pe' noi due...

CETTY   Ma che stai a di', oh?

GRAZIANO   Quello ch'ho detto. Magari 'sto morto ce l'hai te sulla coscienza, amo'...

CETTY   Ma che, oh? Grà? Graziano? E nun me lassa' cosí... Oh, Grazià? Ha attaccato 'sto stronzo...

Manrico posò i fogli e squadrò le tre poliziotte, schierate davanti a lui.

– Questa intercettazione è seria e va presa seriamente in considerazione. Intanto, una lode all'ispettore Cianchetti perché ha avuto l'idea di mettere sotto controllo l'ex di Cetty Paternò. Come avete capito, la ragazza, su consiglio dell'avvocato, sta usando un altro apparecchio. Quello di un'amica. E noi adesso intercettiamo pure questo. Ma senza l'intuizione di Cianchetti, ci saremmo persi questa telefonata.

L'ipotesi era dunque che Graziano De Angelis, folle di gelosia, avesse segato i freni della Fidia cagionando l'incidente mortale. Era un meccanico, per lui si trattava di una cosa elementare. L'intercettazione era un valido indizio. Si poteva sentire il ragazzo come testimone, farlo cadere in contraddizione e poi indagarlo, contestargli la telefonata, forse anche arrestarlo. Manrico, naturalmente, optò per un'altra soluzione.

– Diamoci ventiquattr'ore. Verifichiamo i suoi tabulati, geolocalizziamo con le celle le chiamate dei giorni precedenti il delitto e del giorno del delitto, vediamo se riusciamo a collocarlo nei pressi della Iso Rivolta di Brans. E sondiamo con discrezione il datore di lavoro e i suoi colleghi dell'officina, vediamo di ricostruire gli spostamenti di questo De Angelis. Ventiquattr'ore mi sembrano un tempo ragionevole. Vitale, se ne occupa lei. Cianchetti, lei no perché il ragazzo la conosce, e se la vedesse in zona s'insospettirebbe.

– Mi pare giusto, dottore.

XXXII.

Alex lo guardò con aria perplessa.
– Che c'è, pà? Ti vedo strano.
Dunque quella sfumatura di euforia legata all'accender-si di una nuova passione non era sfuggita al suo ragazzo. O lui era del tutto incapace di mascherare le emozioni, o il giovanotto aveva ereditato lo spirito d'osservazione dal lato materno.
– Niente. Pensieri. Tutto bene?
Alex mormorò un'indistinta rassicurazione. Suo figlio non era mai troppo espansivo. In famiglia meno che mai. A volte sembrava che lo separasse dal resto delle perso-ne e delle cose come un velo, impalpabile eppure tenace. Altre la sua allegria era sopra le righe, quasi avesse deci-so d'indossarla a mo' di maschera. Ma aveva vent'anni, per la miseria, e chi non ha sperimentato questa alternan-za di esaltazione e di malinconia, a vent'anni! Almeno, a giudicare dalla voracità con la quale si era catapultato sul sashimi set menu di Kon-choro, il giapponesino a due passi dal cimitero monumentale del Verano, non correva il ri-schio di cascare nell'abisso dell'anoressia. Entrò un tizio con un cane. Un cameriere lo scortò al tavolo accanto a quello che occupavano loro. Il tizio chiese se il cane dava noia. Mentre Manrico rassicurava il padrone, Alex por-se alla bestiola il dorso della mano, si fece identificare, e prese a spupazzarla. Provava un autentico trasporto per

i cani. Era praticamente cresciuto con Leon, il Cavalier King Charles blenheim che nonna Elena gli aveva donato – si fa per dire – al compimento del sesto anno di età.

«Vostro figlio vuole un cane, e lo avrà. Ma sarò io a scegliere la razza», aveva decretato la contessa.

Manrico e Adelaide avrebbero preferito un trovatello, il classico condannato a morte recluso in qualche fetente penitenziario per quattrozampe, e proprio per questo la nobildonna li aveva battuti sul tempo, impossessandosi della busta nella quale erano contenuti i contanti che dovevano essere dati al piccolo per farlo sentire, grazie all'acquisto, piú responsabile del «suo» cane. Niente da fare. Nonna Elena era uscita coi quattrini ed era rientrata con un tremolante batuffolo di pelo bianco e marrone. Adorabile e meraviglioso, ma soprattutto di nobile lignaggio. Il cane piú effigiato nella pittura rinascimentale. Noto alle cronache per aver salvato dall'incendio, con il suo furioso abbaiare, re Carlo d'Inghilterra. Nonna Elena: puro spirito di contraddizione. Dopo l'ultima carezza all'animale, Alex si tuffò nell'iPhone.

– Non è molto educato, – gli fece notare Manrico.

– Scusa. Una cosa urgente.

Il padre sbirciò. Scorse una sfilata di emoticon, per lo piú cuoricini. Alex digitò qualcosa, scrollò le spalle, azzannò una fettina di tonno. Amori. Ormoni. Vitalità. Meraviglia dell'esistere. Un dono inestimabile, pensò, questo di poter trascorrere del tempo con un ragazzo. Come abbeverarsi alla fonte della giovinezza. Scrostarsi di dosso la muffa di un tempo che ti ha dato tutto, e al quale non hai piú niente da chiedere. E che palle! Si può immaginare qualcosa di piú deprimente del padre dai sentimenti elegiaci?

Piú avanti, la conversazione si sciolse. Alex gli passò l'iPhone e le cuffie, e Manrico poté ascoltare l'ultima sua creazione, un pezzo che parlava di speranza e delusione. Manrico ricordò con tenerezza un episodio di qualche anno prima. Alex lo aveva convocato nella sua stanza (quella che occupava nei fine-settimana di turno dal padre) per fargli ascoltare la sua ultima scoperta musicale: Frank Zappa.

«Pensa che l'ho sentito suonare due volte!»

«Ah, lo conosci?»

Il ragazzo era rimasto deluso. Non era il primo a scoprire Zappa. Se si era illuso di sorprendere il padre si era sbagliato. Manrico, però, era troppo preso da sé stesso per notare lo sconcerto del figlio.

«Giuro, due volte. Ero un ragazzo come te».

«Ah. Bene. Pensavo che ti piacesse solo l'opera».

Pronunciate queste parole con tono neutro, Alex aveva tuffato la testa nel Pc. Praticamente un congedo. Cosí la delusione era passata a Manrico. Ben gli sta. Invece di farsi impressionare dal figlio, aveva voluto rilanciare, impressionarlo a sua volta. Maledetto narcisista. Qualche giorno dopo, Alex lo aveva affrontato a muso duro e gli aveva urlato contro: non voglio vivere la tua vita triste e sfigata.

Il pezzo finí. Manrico rese al figlio l'apparecchio.

– Be'? Che te ne pare? – domandò Alex.

– È molto bello.

Gli sarebbe piaciuto aggiungere qualcosa, una frase d'incoraggiamento per la sua carriera di aspirante musicista, ma ogni volta, in simili situazioni, uno strano pudore lo bloccava. In quella lo raggiunse un messaggio vocale di Maria Giulia. Si spostò da un canto per ascoltarlo, e questa volta fu lui a scusarsi col figlio.

«Mio caro Trovatore, ti sono grata per non avermi chiesta in sposa già dal primo appuntamento. Sta diventando un vizio per voi maschi. Viene da rimpiangere quando ti cercavano solo per una sana scopata. Ora parto per qualche giorno. Una di queste sere sarò io a cercarti».

Manrico rispose con i versi dell'opera che gli aveva dato il nome: «*L'onda de' suoni mistici | pura discende al cor! | Vieni; ci schiude il tempio | gioie di casto amor!*» e tornò dal figlio con un sorriso semi ebete. Alex lo fissò con aria di commiserazione. Arrivò un nuovo sms di Maria Giulia: «casto amor? Mah!» Il cane del vicino di tavolo fece partire un gioioso latrato: come se avesse annusato un qualche meraviglioso elisir.

XXXIII.

Orru e Vitale avevano fatto, come sempre, un ottimo lavoro, e si alternarono nell'esposizione.

– Grazie ai tabulati, – cominciò Orru, – riusciamo a piazzare Graziano De Angelis in prossimità di villa Sciarra, dov'era parcheggiata la Fidia di Diotallevi, fra le 18.50 e le 19.20.

– In questo lasso di tempo fa quattro telefonate, tre all'officina e una a un numero fisso, – precisò Vitale.

– Che corrisponde a casa della madre, a borgata Fidene.

– Le celle agganciate indicano un percorso preciso: partenza dalla Garbatella, quindi dall'officina, transito e permanenza in zona Sciarra, ritorno verso l'officina.

– Le chiamate interessanti sono alle 18.53 e alle 19.02, e agganciano la cella 276 della Tim.

– Che non è proprio attaccata a Villa Sciarra.

– Ma ci va vicino, e se teniamo conto del salto di cella, cioè della possibilità che quando fai una telefonata la cella più vicina sia sovraccarica e ne venga agganciata un'altra, limitrofa ma più distante...

– Allora possiamo collocare De Angelis vicino alla Iso Rivolta all'incirca per venticinque minuti, forse trenta, fra le 18.50 e le 19.15.

– Forse anche 19.20, se ci teniamo larghi.

Manrico ascoltava con estrema attenzione. C'era compatibilità di luogo e di tempo, dunque.

– Sappiamo come c'è arrivato a Villa Sciarra? In auto? In autobus? In moto?

– Sappiamo che ha preso l'auto di un cliente per un giro di prova, – rispose Orru.

– Una Toyota Prius, – aggiunse Vitale.

– Abbiamo parlato col padrone dell'officina.

– Discretamente.

– È una vecchia conoscenza.

– Terrà la bocca chiusa.

– Un giro di prova, eh? – si fece confermare Manrico. Le due poliziotte annuirono. Un giro di prova!

– Potrebbe averlo davvero fatto, – azzardò Orru.

– Potrebbe, – confermò Manrico, – potrebbe. Intercettazioni?

Cianchetti porse a Manrico un brogliaccio.

– Riassuma lei, grazie.

– Niente di rilevante sul telefono di Graziano De Angelis. Cetty invece chiama un'amica, sempre usando la scheda che abbiamo scoperto ieri. Dice che è disperata, che ha parlato con Graziano e che ha paura che lui abbia, cito testualmente, «fatto del male al vecchio, per gelosia».

Si sbagliava o Cianchetti aveva sottolineato con un certo astio la parola «vecchio»? Si sbagliava, o stava diventando paranoico?

– E l'amica?

– L'amica dice che trattandosi di, testuale, «quer matto de Graziano, capace che è stato lui, amo'». Cetty risponde che non ci crede. Poi, come se niente fosse, si mettono a parlare del pezzo che Cetty porterà a *Sanremo*. C'è un paroliere che ha proposto un cambio di titolo: vogliono chiamare questa canzone *Senza freni*.

– Senza vergogna, – commentò Manrico.

Le tre poliziotte aspettavano la sua decisione. Il problema era semplice e complesso allo stesso tempo. Contestare o no a Graziano De Angelis le intercettazioni e la geolocalizzazione? La prima ipotizzava il piú classico dei moventi, la gelosia; le seconde fornivano indizi sulla possibile tempistica del fatto. Naturalmente, la contestazione presupponeva l'acquisizione della veste di imputato. E qui, corollario: indagarlo a piede libero o chiedere al Gip la misura cautelare, istradando il ragazzo verso il vecchio carcere di Regina Coeli e i suoi famigerati tre scalini, «che solo li veri romani possono sali'», come voleva la tradizione?

Di queste riflessioni Manrico poteva tranquillamente mettere a parte la squadra investigativa. Altre doveva tenersele per sé. Se questo era un delitto di gelosia, la sua teoria sull'ombra del passato andava a farsi benedire. La gelosia per Cetty riguardava un fatto vivo, attuale, presente. Evocava scenari da *Cavalleria rusticana* o da *Tabarro*, opere che entrambe si adattavano al contesto sostanzialmente proletario della vicenda. Il problema era che Manrico non vedeva questo scenario. Gli sembrava... non riusciva a trovare l'aggettivo adatto. Gli sembrava troppo poco... troppo corrivo, per il tipo di delitto inscenato. Non la lama, non il piombo, non le mani serrate attorno alla gola. No. Persisteva qualcosa di stonato. La telefonata di Melchiorre lo distolse dalle elucubrazioni.

– Procuratore! A cosa debbo il piacere?

Manrico mise il vivavoce.

– Manrico, è una settimana che sei su Ciuffo d'Oro e ancora non hai concluso niente.

– Non è un caso facile.

– Non l'ho mai detto. Ma tu vedi di non trasformarlo in un caso irrisolto. Ti saluto.

Le poliziotte erano in attesa di indicazioni.

– Volete sapere se lo arrestiamo? No. C'è la possibilità che Graziano si sia vantato di aver ammazzato Ciuffo d'Oro per farsi bello agli occhi di Cetty.

– Però a Villa Sciarra c'è andato, – obiettò Vitale.

– Magari ha avuto voglia di ammazzarlo, ci ha pensato, è andato vicino a farlo, ma all'ultimo istante... non abbiamo una prova certa. È una teoria. E le teorie spesso in Assise crollano. Mi sforzo di pensare come gli avvocati, per evitare figuracce.

Queste ultime parole le aveva pronunciate fissando intensamente Cianchetti. Lei sosteneva lo sguardo, e a sua volta pensava: hai detto una cosa giusta, gli avvocati ragionano così. Ma io ti dico che hai sbagliato mestiere, quello dovevi fare, l'avvocato.

– Continuiamo con le intercettazioni. Mettiamo le cimici anche nell'officina del meccanico. È tutto.

Prima di allontanarsi, Cianchetti gli passò un altro brogliaccio.

– La vedova, Alina Bukaci, e un uomo che stiamo cercando di identificare. Chiama lui, da Brescia. Parlano in albanese. Abbiamo qualche problema con l'interprete, ma contiamo di farcela in serata. Arrivederci, dottore.

Piú che passarglielo, quel fascicoletto lo aveva lanciato sulla scrivania.

XXXIV.

Quando il cellulare squillò, l'ispettore capo Diego Cosenza lasciò partire un moccolo. Ma a chi poteva venire in mente di rompere i coglioni, all'una di notte?

– Non rispondere, – mugolò, tuffando la lingua nell'orecchio di Deborah Cianchetti, mentre nel frattempo le massaggiava un seno con la destra, che era riuscito a insinuare sotto il maglione. Lei fu tentata di dargli retta. In finale, dopo una serata di tira-e-molla, aveva deciso che la quarantena del suo uomo (questo era, in fondo, Diego) era durata abbastanza. E poi lui aveva espiato a sufficienza, era riuscito a reggere due ore senza aggredirla con la sua insensata gelosia, era persino stato all'altezza di una chiacchiera non limitata alla palestra e alla Roma, e dopo tutto lei aveva una gran voglia di farci l'amore. Che anche quello contava. E se poi era destino che la loro storia diventasse una cosa seria, be', da qualche parte si doveva cominciare, e quei baci che sapevano di birra e supplí del take-away di via Domenico Comparetti ai Prati Fiscali erano un buon inizio. Ma il telefono continuava a squillare, e poteva essere un'urgenza, data l'ora. Cosí Deborah si divincolò dalla piovra, e rassettando il maglioncino mezzo sfilato si impossessò dell'apparecchio. Era il giudice Spinori. Rispose. E si tenne dentro il vaffanculo. Diego, sudato ed eccitato, si passò una mano sul cranio rasato e andò a prendersi un'altra birra dal frigo. Quando tornò nel salottino, bevendo a garganella, lei ascoltava, muta e concentrata.

– Capisco. No, nessun problema, grazie, arrivo subito.

Deborah sbuffò e lanciò il telefonino sul divano.

– Ma chi era? – domandò Diego.

– Il giudice.

– A quest'ora?

– Se non era urgente aspettava domani, no?

– Non è che ce sta' a prova', no?

– Ma chi?

– Spineozzi, Spinaci, come se chiama lui.

– Spinori.

– Eh! Non è che ce sta a prova' co' te?

A Deborah partí una risata spontanea. Chi? Quello? Ma se sembra un merluzzo bollito, tutto cosí compito, con la voce sempre bassa, quei capelli grigi... oddio, a pensarci bene tutto formale, sicuro, come certi professori che si vedono in televisione, ma provarci... no, per quanto i loro rapporti fossero ormai precipitati, sotto quell'aspetto il magistrato era stato piú che corretto.

– Ma che stai a di'!

– No, perché se quel vecchio stronzo ci prova io...

Ed ecco che le vene del collo dell'ispettore capo Diego Cosenza nuovamente si gonfiavano, il volto dal naso affilato si copriva di un rossore incarognito e l'uomo serrava i pugni, pronto ad affrontare l'ennesimo nemico immaginario. Che desolazione, pensò Deborah. Ma avrebbe mai imparato, quella bestia?

– È un uomo gentile, – disse, per provocarlo.

– Te piace! Te piace quer cazzo de vecchio!

Deborah gli prese una mano, poi l'altra, e le strinse forte.

– A me piaci solo tu.

Seguí un bacio profondo, appassionato. E mentre lui si rilassava, e lei sentiva il ritorno della sua eccitazione, lo respinse con un gesto secco.

– Ma sei cosí stronzo!

XXXV.

Un anziano e distinto signore in guanti bianchi introdusse Deborah in un elegante salottino al secondo piano di un palazzo di via Giulia. La poliziotta si fece due domande. Uno: perché il contino, coi soldi che c'aveva, a giudicare da quel po' po' di quadri, divani, poltrone, piatti d'argento, arazzi e 'sti cazzi appesi alle pareti, perché faceva il magistrato e non viveva di rendita? Che se doveva fare il magistrato co' tutto il tacco e punta che a ogni minuto sfoderava era diecimila volte mejo se se ne restava a casa. Due: aveva accettato di raggiungerlo nella sua abitazione all'una di notte perché le era stata prospettata un'urgenza, ma il sospetto che la gelosia di Diego fosse, per una volta, fondata, era forte. Che davero ce stava a prova'? L'ora era tarda, ma lui era vestito di tutto punto e su un vassoio c'erano pasticcini, due bicchieri e una bottiglia in un secchiello di ghiaccio. Preciso il kit del mollicone. Certo che se Diego c'avesse avuto ragione, sai che figura...

– Si metta comoda e si versi pure da bere. Visto il fastidio che le sto procurando, ho pensato di addolcire la pillola con un goccio di Sancerre.

– Grazie, ma non bevo, – rispose, contegnosa e prudente.

– Come preferisce, – disse il contino, versandosi un mezzo bicchiere di bianco. Poi le porse dei fogli.

– L'interprete albanese ha cercato di contattarla un paio di volte, ma il suo telefono era staccato.

Prima reazione: sollievo. Era roba di lavoro, dunque, non c'era nessun attempato molestatore da rimettere a posto. Seconda reazione: rossore. La sua irreperibilità era dipesa dalla seratina con Diego. Ma non è che fossero d'accordo che doveva essere pronta e scattante pure a mezzanotte, e l'interprete poi, che diavolo! Non poteva aspettare l'indomani? Si era già predisposta alla difensiva, ma il Pm prevenne sue eventuali obiezioni.

– Non glielo dico per rimproverarla, ispettore, mi creda, ma solo per giustificare questa convocazione in un orario sconveniente. Però era necessario. L'interprete è un tipo in gamba. Ha capito subito l'importanza della cosa. Legga. È la trascrizione della telefonata fra Alina Bukaci...

– La vedova allegra, – scappò a Deborah.

Manrico accennò un leggero battimani.

– Facciamo progressi, brava. Dunque. Trascrizione della telefonata fra la Bukaci e un uomo di nome Valon, suo connazionale.

ALINA   Pronto?

VALON   Ciao, sorellina, come stai? Mi riconosci?

ALINA   Valon...

VALON   Sí, sono proprio io, sorellina.

ALINA   Adesso chiami! Sei sparito! Che fine hai fatto?

VALON   Ho avuto i miei problemi. Senti, ho saputo della tua disgrazia.

ALINA   Valon...

VALON   E volevo farti le mie condoglianze.

ALINA   Grazie, Valon.

VALON   Anche se non è proprio una disgrazia, vero, sorellina?

ALINA   Non so di cosa stai parlando.

VALON   Ahi ahi ahi, sorellina, non mi dire che ti è venuta quella malattia della testa, come si chiama? L'amnesia! Sto parlando del nostro accordo, Alina bella, l'accordo.

ALINA   Noi non abbiamo mai avuto nessun accordo.

VALON   Come dice quella canzone? Tu mi dài la cosa piú bella che hai, io ti do la cosa piú bella che ho...

ALINA   Valon, non ho nessuna voglia di scherzare, dopo quello che è successo!

VALON   Ma tesoro mio, sorella, chi ha voglia di scherzare? Io sono sinceramente dispiaciuto di quello che è successo al tuo povero marito. Forse tu non altrettanto, visto che è quello che hai sempre voluto.

ALINA   Sei scemo? Ma stai attento a come parli.

VALON   Io attento? Ah, io devo stare attento? Tu devi stare attenta, non io. Perché tu sai che se io parlo per te sono cazzi amari, molto amari, sorellina. Tu sai quello che hai fatto.

ALINA   Io non ho fatto proprio niente!

VALON   Niente dici? Secondo te quello che mi hai chiesto è niente? Allora è proprio amnesia, sí! Vuoi che ti rinfresco la memoria?

ALINA   Valon, non parlare al telefono, non si sa mai.

VALON   Hai ragione, sorellina. Facciamo cosí: vediamoci domani mattina, tu mi porti quello che sai, io lo prendo, poi ti saluto e fratelli come prima. Anzi: piú di prima. Ventimila volte piú di prima!

ALINA   Venti... Valon, come faccio? Non è possibile domani! Ci vuole tempo per...

VALON   Allora tu vuoi che il tuo fratellino diventa cattivo, Alina? Tu vuoi che io ti faccio scopare nella bocca dai miei amici macedoni? Tu vuoi questo?

ALINA   Smettila, stronzo!

VALON   Smettila tu, principessa dei miei coglioni! Se domani non fai quello che devi io ti sputtano, chiaro? Con me tu non scherzi, capito?

ALINA   Va bene, domani.

VALON   Ora sí che ragioni, sorellina. C'è un'area di servizio sul Grande Raccordo, si chiama La Pisana. Ci vediamo lí alle dieci. Hai capito, sorellina?

ALINA   Sí.

VALON   Bene. A domani, allora.

Deborah aveva finito di leggere.

– Che gliene pare? – domandò Manrico.

– Un ricatto.

– In piena regola. Lui le chiede ventimila euro.

– Qualcosa che c'entra con l'omicidio, no?

– E che altro sennò? Non sappiamo cosa, ed è quello che dobbiamo scoprire.

– Si vedono alle dieci. Abbiamo poco tempo per organizzarci.

– È per questo che l'ho chiamata, Cianchetti. Le affido l'operazione. Voglio equipaggi, gente pronta a intervenire, microfoni direzionali, magari si scambiano informazioni interessanti, prima del nostro intervento.

– E se non si dicono niente?

– Interveniamo lo stesso e li fermiamo.

– Però cosí siamo costretti a indagarli.

– Mi sta facendo il verso?

– Non mi permetterei mai, dottore.

– Io credo invece che si sia già permessa. Ma sa, Cianchetti, è per questo che voglio che sia lei a occuparsi dell'operazione.

– Perché?

– Perché lei ha una gran voglia di menare le mani, e io la sto accontentando. Per il momento è tutto.

– L'offerta di quel vino è ancora valida, dottore?

– «Quel vino» suona oltraggiosamente generico, Cianchetti. Sancerre è decisamente meglio, – rispose lui, versandole da bere.

XXXVI.

Tre auto civetta senza contrassegni, dodici agenti agli
ordini di Deborah, e una quarta macchina, un furgone zeppo di tecnici attrezzato per l'ascolto con sofisticati microfoni direzionali. E un tredicesimo agente in tuta da lavoro
sporca di grasso con le scritte di una imprecisata società
che faceva riprese con uno smartphone e fingeva di prendere appunti su un quadernino. Poteva sempre servire a
rubare qualche immagine senza dare nell'occhio. Un'idea
di Manrico.

Presidiavano l'area di servizio La Pisana sin dalle otto.
Deborah aveva lavorato tutta la notte, predisponendo il
piano e raccogliendo informazioni. Una prima sorpresa:
Valon Carioti, alias Boga Tuce, alias Gondar Goran, albanese, ovvero macedone, secondo altre schede segnaletiche,
era davvero il fratellastro di Alina Bukaci. Le sue prime
tracce in Italia risalivano allo sbarco della nave *Vlora*. Lui
e Alina avevano viaggiato insieme. Poi lei aveva sposato
Ciuffo d'Oro Brans e lui era diventato ospite fisso delle
patrie galere, come attestato da un nutrito certificato con
una sfilza di condanne per droga e prostituzione. Seconda
sorpresa: Alina Bukaci, sorvegliata sin dalle prime ore del
mattino, non era passata in banca a prelevare i contanti da
consegnare al ricattatore, come tutti si sarebbero aspettati.
Alina era uscita da casa alle nove, in jeans e giubbotto di
pelle, e si era avviata direttamente verso l'area di servizio.

Dunque, o disponeva di una buona riserva di contanti, o non aveva intenzione di pagare.

Deborah aveva distribuito qualche fotografia del soggetto, Valon, Goran o come diavolo si chiamava, e fu lei stessa ad avvistare il soggetto, quando uscí da una vecchia Mercedes anni Novanta con la carrozzeria ammaccata. Erano le nove e cinquanta. Valon era tozzo, con pochi capelli e aveva un'aria piú che altro ottusa.

– È lui, dottore.

– Bene. Procediamo.

Cianchetti smontò dal furgone attrezzato, dove aveva preso posto il Pm, e si piazzò nell'ammiraglia delle auto-civetta. Per ragioni che a Deborah risultavano oscure, il contino aveva voluto partecipare all'azione in prima persona. Deborah aveva cercato in tutti i modi di dissuaderlo. Come molti suoi colleghi, considerava la magistratura inquirente un male necessario. Anche se apparteneva alle nuove leve, condivideva il rimpianto dei vecchi sbirri per la stagione in cui erano loro a decidere tutto e i giudici si limitavano a ratificare il loro operato. Ora la polizia giudiziaria dipendeva in tutto e per tutto dal Pm, e passi. Ma averli fra i piedi sulla strada, questo no. La strada è dei poliziotti, i giudici in giacca e cravatta stiano al posto loro. Il contino, però, era stato irremovibile. Che voleva dimostrare? Di essere dalla loro parte? Ma quando mai, se fossero successi casini certo non li avrebbe coperti, e anzi bisognava guardarsi le spalle da quelli come lui. Anche se, a onor del vero, sino a quel momento si stava comportando bene. Nel senso che non sbraitava ordini a casaccio, non interveniva con osservazioni bizzarre, non intralciava. Se ne stava anzi buono buono a osservare, senza rompere eccessivamente i coglioni. Inoltre, aveva confermato a Deborah che la decisione di intervenire, se e quando, spettava esclusivamente a lei.

Manrico, in realtà, era ormai abituato da anni a presenziare a operazioni anche di un certo rischio. Aveva cominciato, ovviamente, per sfida. Per provare a sé stesso che non era soltanto l'erede estenuato di una dinastia di sanguisughe imbellettate. Il maresciallo Scognamiglio, che aveva capito ogni cosa sin dal primo sguardo, gli aveva fatto da mentore, e col tempo lui aveva finito per prenderci gusto. Il fatto di essere a malapena tollerato, in piú, lo divertiva.

Alina Bukaci arrivò qualche minuto dopo le dieci, a bordo di una Smart ultimo modello. Parcheggiò a pochi metri dai distributori di carburante, si guardò intorno, individuò il fratellastro e gli andò incontro, con piglio deciso. I tecnici puntarono i microfoni sulla coppia. Qualcuno passò a Manrico una cuffia. Alina Bukaci si fermò a un mezzo metro da Valon Carioti.

– Non ti do un cazzo, idiota.

L'audio era buono, il sistema di filtraggio funzionava. I tecnici sembravano soddisfatti. L'interprete albanese, anche lui montato sul furgone, traduceva a braccio.

– Tu sei scema, sorellina, se io parlo tu perdi tutto.

– Lo scemo sei tu, Valon. Non puoi farmi niente.

Valon estrasse dalla tasca un iPhone e lo brandí come un'arma.

– Qua dentro c'è quello che serve per rovinarti la vita, sorella!

– Cosa vuoi farmi credere, eh? Che mi hai registrato? Tu non hai le palle per fare una cosa cosí!

– Tu non mi credi? Adesso ti faccio vedere... senti, senti, principessa!

Valon digitò qualcosa sull'apparecchio e lo accostò al bel volto di Alina.

– Senti, senti ti dico!

– Ma smettila! Quel telefono te lo puoi mettere nel culo, idiota! Se tu mi denunci io finisco sotto processo per omicidio e mi sospendono l'eredità. Hai capito che sto dicendo, bestia? Che se tu mi denunci io non posso piú prendere un euro dai miei conti.

– Ma che cazzo dici?

– È la legge, coglione.

Valon Carioti restò interdetto. Manrico – e lui avrebbe scommesso: anche gli altri – era impressionato dalla freddezza e dalla determinazione della Bukaci. Davvero il fratellastro sembrava un povero idiota. La Bukaci stava per voltargli le spalle, quando lui tentò un ultimo rilancio.

– Aspetta. Tu mi vuoi imbrogliare, sorellina, ma io ti spacco il culo, hai capito? Io vendo la registrazione ai giornali! E poi vediamo!

La minaccia sembrò sortire un certo effetto. Alina si irrigidí.

– D'accordo. Tu dammi quel maledetto telefono e io ti do diecimila, va bene?

– Venti, ho detto.

– Dodici.

– Quindici.

– Tredici.

– Affare fatto, sorellina! Quando mi dài i soldi?

– Domani.

– Stesso posto e stessa ora?

– Stesso posto e stessa ora.

Deborah Cianchetti aveva visto e sentito abbastanza. A un suo cenno, gli agenti intervennero, circondando Valon Carioti. Si trattava di un arresto in flagranza: Valon Carioti era stato fermato nel bel mezzo di un tentativo di estorsione. Piú complicata la situazione di Alina Bukaci: stando alle intercettazioni, lei era la vittima dell'estorsione. E anche se il retroscena era chiaro – Valon la stava ricattando perché in possesso di informazioni che potevano collegare la vedova all'omicidio del coniuge – non c'erano elementi per trattenerla. A meno che lei non facesse rivelazioni compromettenti. Tutto lasciava intendere che Alina, fredda e determinata come ormai avevano imparato a conoscerla, non si sarebbe lasciata scappare nemmeno un fiato. Bastava guardare come aveva accolto l'irruzione poliziesca: con la piú totale indifferenza. Ma si poteva comunque sentirla a verbale come persona offesa. Fu quello che le comunicò Manrico, con la massima cortesia possibile.

– La aspetto nel mio ufficio, signora.

– Ora?

– Il tempo di rientrare sarebbe preferibile.

– Devo portare il mio avvocato?

– Potrebbe essere d'aiuto, sa, per i termini tecnici e quant'altro... dobbiamo stendere una denuncia contro il signor Carioti...

Su questa battuta, la vedova sembrò perdere per un attimo la calma.

– Ma io non intendo denunciare nessuno, Valon è mio fratello, anzi, fratellastro, non ho niente contro di lui.

– Be', anche se non vuole denunciarlo, dobbiamo sentirla ugualmente a verbale, signora.

Alina montò in macchina, con una smorfia indispettita. Valon aveva seguito la pantomima con un sorriso stampato sul muso. Quando Manrico gli indirizzò gli avvisi di rito – facoltà di nominare un difensore, brevissima esposizione del fatto, comunicazione dell'imminente interrogatorio – alzò le braccia e disse: – Sono innocente. Non ho niente da dichiarare.

Deborah gli frugò nelle tasche e s'impossessò dello smartphone.

– Tu sta' pure zitto. Ci pensa questo a parlare.

– Che parla e parla, – rise Valon, – senza password quello non dice proprio niente!

Manrico sospirò e fece un cenno al tredicesimo agente, quello con la tuta da lavoro sporca di grasso.

– L'hai messa tu prima la password, amico mio, e questo nostro agente ti ha filmato. Adesso noi scopriremo cos'è che ci tenevi tanto a far ascoltare a tua sorella. Scommetto che sarà molto, molto interessante...

– Voglio il mio avvocato, – sibilò l'albanese.

XXXVII.

Nel cellulare di Valon Carioti c'era un file audio. La registrazione di una conversazione fra lui e Alina Bukaci. Era l'uomo a chiamare. Parlavano in albanese. Manrico convocò l'interprete, e poi fecero ascoltare il nastro a Valon Carioti.

VALON   Stai meglio sorellina?
ALINA   Ciao, Valon, sempre il solito schifo.
VALON   Sempre il vecchio, eh?
ALINA   E chi se no?
VALON   Che ha combinato questa volta?
ALINA   Adesso dice che vuole divorziare per sposare quella troietta.
VALON   No!
ALINA   Cosí dice.
VALON   Ma l'ha detto altre volte. Poi cambia sempre idea.
ALINA   Che c'è, hai paura che finisco di darti soldi, se lui va via?
VALON   Ah, la mia cara sorellina! Ho pensato a quello che mi hai detto l'altra volta...
ALINA   Quella cosa?
VALON   Quella che tu vuoi fare una cosa a lui.
ALINA   Quella cosa!
VALON   Sí, quella cosa. Se hai ancora l'idea, io posso farlo per te.
ALINA   L'altra volta mi hai detto di no.
VALON   Scusa, sorellina, ma tu di punto in bianco telefoni e mi chiedi di ammazzare tuo marito, io dico, lasciami almeno un po' di tempo per pensare!
ALINA   Non è prudente dire queste cose al telefono.
VALON   Tranquilla, questo è un telefono pulito. Allora: tu vuoi sempre che io lo faccio? Che io uccido tuo marito?
ALINA   Non lo so, Valon.

VALON   Tu vuoi o non vuoi? Se tu vuoi, io lo faccio, e faccio che
  sembra un incidente. Per venticinquemila io lo faccio, sorella.
ALINA   Venticinque è troppo.
VALON   Venticinque è troppo? Ma tu stai scherzando! Queste sono cose da ergastolo, altro che! Posso fare venti, solo perché
  tu sei mia sorella.
ALINA   Venti…

Terminato l'ascolto, Valon scambiò un'occhiata con
l'avvocato d'ufficio, poi allargò le braccia.

– Valon si avvale di facoltà di non rispondere.

Era prevedibile, ma Cianchetti ci provò lo stesso.

– Per l'omicidio premeditato c'è l'ergastolo, bello!

L'avvocato protestò: i diritti del suo assistito venivano
palesemente violati, se un indagato decide di avvalersi della
facoltà di non rispondere, non lo si può obbligare a inter-
loquire con gli inquirenti. Sacrosanto principio di civiltà,
ad avviso di Manrico. Che, però, trovando un po' enfatica
la reazione del legale, si schierò d'istinto con la poliziotta.

– Nient'altro che un amichevole suggerimento, avvocato.

Valon scosse la testa.

– Valon non ha niente da dire.

– A questo punto credo che l'interrogatorio sia finito, –
disse l'avvocato, e fece per alzarsi. Manrico lo fermò con
un sorriso mite.

– Se ha ancora qualche minuto di pazienza… grazie.

E prima che l'altro potesse replicare, si spostò, seguito
dalle poliziotte, in una stanza vicina, dove Alina Bukaci
e l'avvocato Poggi attendevano. E già questa fu una sorpresa per Deborah. Quando il Pm l'aveva lasciata andare,
lei aveva imprecato. Fosse stata in quella donna, avrebbe
capito immediatamente l'aria che tirava, e si sarebbe data
alla fuga. Invece Alina Bukaci era lí davanti a lei, gelida e
battagliera come non mai.

– Dunque, – esordí Manrico, accomodandosi dietro una scrivania grande il doppio della sua (ma di chi era quell'ufficio? Chi era il collega che era riuscito a farsi assegnare arredamenti tanto comodi, dannazione!), – qualche ora fa lei è stata vittima di un tentativo di estorsione…

– La mia cliente, come le ha già comunicato, non intende sporgere denuncia, – s'inserí Poggi.

– A parte che si tratterebbe di un reato per il quale si procede d'ufficio, come lei mi insegna, avvocato… per la regolarità del verbale dobbiamo comunque procedere all'ascolto di un paio di conversazioni telefoniche…

A un cenno di Manrico, Orru fece partire la prima registrazione, quella in cui i due fratellastri si davano appuntamento all'area di servizio. Durante l'ascolto, mentre l'avvocato impallidiva, Alina non mosse un muscolo.

– Allora, signora Bukaci? – domandò infine Manrico.
– Che mi dice di questa intercettazione?

– Mio fratello è sempre stato un mitomane, un poveraccio, per questo i rapporti fra noi sono praticamente inesistenti.

– Però stamattina lei a quell'appuntamento c'è andata.

– Per carità cristiana, giudice.

– Quindi non è un ricatto.

– Assolutamente no!

– E lei non ha niente da nascondere.

– Niente di niente, giudice.

Manrico sbuffò.

– Ai sensi dell'articolo 63 del codice di procedura penale sospendo l'interrogatorio della signora Bukaci Alina, informandola che da adesso assume la veste di persona indagata per il delitto di omicidio in danno del coniuge Diotallevi Stefano…

L'avvocato protestò. Omicidio. Si stava decisamente esagerando. Quella convocazione improvvisa era una trap-

pola. Il pubblico ministero giocava sporco. La sua assistita non acconsentiva a proseguire l'esame in veste di indagata. Il suo consiglio era che si avvalesse della facoltà di
non rispondere. Cianchetti adorava frangenti come quello.
C'era da affondare le zanne. Quella stronza aveva poco
da fare la principessina con la puzza sotto il naso. Che se
ne stesse pure in silenzio, tanto c'era l'intercettazione, e
quella parlava chiaro. Un po' di galera per ammorbidirla,
e poi avrebbe cantato come un usignolo. Il caso era chiuso. Alina Bukaci posò una mano sul braccio dell'avvocato.

– Sentiamo che cosa si sta inventando, giudice, – flau-
tò, quasi soave.

XXXVIII.

Si ritrasferirono nell'ufficio di Manrico. L'andirivieni e una certa eccitazione che si respirava al quarto piano del palazzo della Procura della Repubblica non erano sfuggiti alla stampa. Un paio di veterani, di quelli avvezzi a gironzolare per i corridoi, avevano fiutato l'odore del sangue.

– Questa volta sarà difficile tenerli lontani, – confidò sottovoce Manrico alla Orru.

La Bukaci, che disponeva evidentemente di un ottimo udito, sorrise nuovamente al Pm.

– Sarà difficile cancellare la figura di merda che sta per fare, giudice.

Be', se non altro, considerò Cianchetti, era una tosta. Vederle affibbiare vent'anni sarebbe stata un'ottima ricompensa per queste giornate di duro lavoro.

Quando Valon e Alina si ritrovarono faccia a faccia, lei lo guardò con disprezzo, e lui la ripagò con la stessa moneta. Manrico fece partire la registrazione. Poggi teneva gli occhi bassi. L'avvocato d'ufficio di Valon ribadì che il suo cliente si sarebbe avvalso della facoltà di non rispondere.

– Dispongo confronto, – spiegò Manrico.

– Non parlerà nessuno, – ripeté l'avvocato d'ufficio.

Alina Bukaci prese ancora una volta tutti in contropiede.

– In un momento di sconforto, dovuto ai ripetuti tradimenti di mio marito, mi lasciai andare a quella folle proposta...

– Ammette la telefonata! – si lasciò scappare la Cianchetti.

– Sí, la ammetto. Ma, ripeto, fu solo un momento di sconforto. Lui aveva una relazione con quella ragazzina, Cetty Paternò, e temevo di perderlo.

– E per non perderlo voleva farlo ammazzare da questo... da questo qui? – Cianchetti era esterrefatta.

– Lei non sa di che cosa è capace una donna innamorata.

– Ma per carità, cazzo!

– Cianchetti, ora basta!

La poliziotta alzò le mani. Sí, un eccesso di zelo poteva rivelarsi dannoso. In fondo, con quell'ammissione la vedovella si stava scavando la fossa.

– E comunque è stato un momento. Non mi fa onore quello che ho detto, e me ne pento. Se solo avessi saputo quello che poi sarebbe successo... lui era tornato da me, e tutto si era rimesso a posto, quando... quando... signor giudice, io non escludo che questo animale, – e indicò teatralmente Valon, – abbia potuto fare da solo...

– Animale io? – ridacchiò Valon. – Sí, può essere. Non ero animale però quando ti accompagnavo dai tuoi clienti, a Bari, e restavo fuori dalla porta se qualcuno esagerava...

– Ma sei un miserabile!

– E tu una puttana. Quello è sempre stato il tuo mestiere! Signor giudice, prima lei faceva puttana di tutti, poi ha fatto puttana solo di quel vecchio... e comunque, se lei ha fatto uccidere vecchio, sicuramente assassino non è stato Valon!

– E dovrei crederti!

L'albanese fissò Manrico.

– Dica.

– Il giorno di omicidio Valon era vostro ospite.

– Che stai dicendo? – persino la glaciale Alina sembrava incuriosita.

– Che stava a pensione, – sibilò Deborah.

– Brava questa ragazza! – si complimentò l'albanese,
– Anche bella ragazza. Peccato che fai mestiere di merda!

Deborah strinse i pugni, pronta a scattare. Manrico la
fulminò con un'occhiataccia.

– Carioti, stia al suo posto. Non ammetto simili com-
menti. Orru, Vitale, Cianchetti: di là, con me.

Effettivamente, il giorno in cui l'ignoto a cui stavano dando la caccia da ormai una settimana segava il tubo dei freni
alla Iso Rivolta di Ciuffo d'Oro, l'albanese era detenuto nel
carcere di Busto Arsizio per una vecchia condanna. Ci era
entrato la mattina successiva alla conversazione telefonica
registrata con Alina Bukaci, ed era stato scarcerato cinque
giorni dopo, quando il suo avvocato di fiducia era riuscito
a invalidare l'ordine di esecuzione pena aggrappandosi a
un cavillo. Insomma, i tempi coincidevano. Quel bastardo
non era un assassino. Poteva aver incaricato qualcuno dal
carcere? Si riproponevano le stesse ipotesi già avanzate nei
confronti di Matteo Diotallevi. E, come allora, si trattava
di congetture senza uno straccio di riscontro.

L'albanese fu spedito in carcere, perché comunque
l'estorsione restava in piedi, e con i suoi precedenti il
Gip non ebbe difficoltà a concedere la misura cautelare.
Rimaneva da decidere il destino di Alina Bukaci.

– Quella figlia di put... di buona donna, mi scusi, dottore, ha comunque cercato di far ammazzare il marito!

– Non è un fiore di virtú, d'accordo, ma tecnicamente
stiamo parlando di una forma di istigazione che non si è
tradotta in reato. Dunque, non è punibile.

– Ma de che? Quello c'è rimasto secco!

– Cianchetti, ma lo vuole capire che non c'è nessuna
prova che sia stata lei?

Per la serata, Manrico aveva programmato un quieto scivolamento verso le accoglienti braccia di Morfeo. Senonché le cose andarono diversamente.

Sprofondato nell'amata poltrona di damasco rosso, residuato di un avo papalino, verso le 22, in vestaglia blu notte, si ritrovò ad addentare un robusto quadrato di cioccolato fondente con nocciole. Sul tavolino di legno a tre gambe stile Reggenza lo attendeva, sgargiante nella sua ambrata perfezione, l'abituale bicchierino di whisky torbato. L'accoppiata del gaudente era, di solito, accompagnata dall'ascolto, rigorosamente in vinile, di una delle amate opere, scelta in base all'umore. Ma quella sera il rito era stato impedito da una telefonata del procuratore Melchiorre: la Marinelli aveva preannunciato rivelazioni sul delitto di via delle Fornaci, e dunque bisognava sottoporsi alla tortura.

La giornalista, mastino scatenato, non aveva alcuna intenzione di mollare l'osso, e ogni volta che le si apriva una finestra video, nella propria trasmissione o come ospite, faceva in modo di ricordare la sua battaglia civica in difesa della Giustizia con la g maiuscola. I parenti del morto dovevano dare un volto e un nome all'assassino del proprio caro. Che i parenti in questione fossero fatti della non esaltante pasta di Alina e Matteo, la Marinelli non poteva saperlo. Non ancora, almeno, perché prima o poi le intercettazioni sarebbero saltate fuori e il quadretto familiare sarebbe finito in pasto ai social. Ma anche allora, c'era da giurare che avrebbe saputo volgere a suo profitto la vicenda. In ogni caso, la novella Dike nazionale la stava tirando per le lunghe da tre quarti d'ora con una serie di altri casi. Evidentemente, la rivelazione era rimandata alla fine della puntata, cioè al picco di ascolto. E Manrico già faticava a tenere gli occhi aperti. Fu, infatti, nel dormi-veglia che colse l'annuncio della Marinelli: un mese prima dell'incidente Ciuffo d'Oro aveva donato centocinquanta-mila euro alla comunità terapeutica La Lucerna nella Sera.

Nemico degli spacciatori e tossico. Consumatore di dro-ga ma finanziatore di una comunità di recupero. Non ave-va senso. Oppure ne aveva sin troppo.

XXXIX

Un grande murale raffigurava una mezza dozzina di gatti e altrettanti cani. Buffi e coloratissimi, l'artista li aveva dipinti nell'atto di correre in tutte le direzioni. L'idea era quella di comunicare una sensazione di libertà e di indipendenza, disse padre Brahim, e Manrico dovette ammettere che, nella naiveté di un tratto vagamente infantile, ci riuscivano benissimo. Anche a voler prescindere dalla scritta didascalica che sottolineava il messaggio: LORO DIPENDONO SOLO DA SÉ STESSI. D'altronde, erano stati concepiti dall'équipe di psicologi della comunità La Lucerna nella Sera, uno staff di altissimo profilo fra i piú apprezzati e non solo in Italia.

Padre Brahim veniva dal Ghana, era giovane, muscoloso ed entusiasta e se avesse perso la fede avrebbe potuto tranquillamente riciclarsi nel marketing.

– Qui noi rieduchiamo i nostri ragazzi, – stava spiegando il religioso, mentre si avviavano a passo lento alla palazzina degli uffici, in fondo a un sentiero sterrato, – ci occupiamo di tutte le dipendenze principali, droga, alcol, e da un po' anche gioco d'azzardo, che però riguarda persone piú avanti negli anni.

– Ce ne sono tante? – domandò Cianchetti.

Al mattino, nell'ufficio del Pm, c'era stata una breve riunione. Le poliziotte avevano tutte visto il programma della Marinelli. Orru aveva raccolto a tamburo battente un po' di dati sulla comunità, senza trovare niente di strano. Vitale una volta ci aveva accompagnato un lontano parente con problemi di alcolismo, ricavandone una buona impressione. Cianchetti sosteneva che i centocinquantamila euro erano il frutto di un ricatto. Qualcuno aveva ricattato Ciuffo d'Oro per le sue storie di droga. Qualcuno interno alla comunità. E Manrico alla fine le aveva chiesto di andare con lui alla Lucerna nella Sera, che sorgeva lungo la via Cassia Veientana, piú vicino a Viterbo che a Roma.

– Il fenomeno della dipendenza dal gioco d'azzardo è in costante crescita, purtroppo, signora, – sospirò il prete.

– Ispettore Cianchetti.

– Sí, certo, ispettore, mi scusi. Altroché se ce ne sono. Pensi, ne abbiamo uno agli arresti domiciliari che ha sequestrato il figlio del vicino di casa. Un piccolino di dodici anni. Si è coperto il volto con una calza e ha fatto finta di essere straniero. Ma il ragazzino l'ha riconosciuto e si è messo a ridere. È finita bene per fortuna.

– Il reato c'è lo stesso, – puntualizzò Deborah.

– Sí, cosí dice la legge, – rise il prete, di una risata franca e contagiosa, – ma se nessuno si fa male, che reato è?

Bella domanda, pensò Manrico. Il gioco d'azzardo può far sorridere, ma anche rovinarti la vita. Ne era testimone diretto. Eppure, nemmeno per un istante, neanche nei momenti piú duri, aveva considerato l'idea di internare sua madre.

– Qui abbiamo due casali per gli «ospiti», un laboratorio di falegnameria, la cappella, un piccolo auditorium, una sala conferenze, la palestra, un laboratorio con una quindicina di computer, una stalla con una coppia di asini, l'orto, due filari di alberi da frutta…

– La recidiva è alta? – s'inserí la Cianchetti, con la consueta brutalità.

– Prego?

– Vorremmo sapere se, una volta usciti da qui e riabili-
tati, ci sono ospiti che rientrano perché tornano a drogarsi, – tradusse Manrico.

Padre Brahim allargò le braccia.

– Vi posso solo dire che qualcuno ritorna, sí, ma sempre
meno di quanti voi pensate… e piú di quanti noi vorremmo…

Arrivarono in quella che padre Brahim definí «l'eccel-
lenza delle eccellenze».

– La sartoria. Qui forniamo un diploma che è riconosciuto dal ministero. Le ragazze confezionano anche costumi per il teatro, e abbiamo addirittura una delle nostre
ex ospiti che ha vinto un premio in Germania…

Era un vasto ambiente con tavoli illuminati da forti
lampade, manichini, disegni di modelli. Cinque o sei giovani donne vi si affaccendavano, del tutto indifferenti alla
presenza di quegli estranei.

– C'è molto fervore, come vedete. E non vi nascondo
che grazie alla donazione del Maestro Brans io spero di
poter ampliare la nostra offerta formativa…

Manrico e Cianchetti si scambiarono un'occhiata. Il
prete li fissava, con il suo sorriso cordiale, aperto.

– Siete qui per questo, no?

– In effetti… – La voce di Manrico era quasi un sussurro. – Non le è sembrata un po' strana, tutta questa
generosità? Centocinquantamila sono una bella somma…

– Lui credeva in noi, non era la prima volta che ci aiutava economicamente.

– Con cosí tanti soldi? – fece Cianchetti, scettica.

– No, non cosí tanti. E quando ho saputo che era morto… ho pensato che… ma no, è una sciocchezza.

– Su, avanti, – esortò Manrico.

– Ho pensato: forse in qualche modo oscuro il destino
si era già manifestato, e lui sapeva. O aveva capito. Aveva

capito di avere poco tempo, e ha deciso per questo gesto nobile... scusatemi, torno subito.

Padre Brahim si avvicinò a una ragazza che aveva appena sollevato la testa da una macchina per cucire.

– Non mi piace questo prete! – disse Deborah.

– Cianchetti, per favore! Sto cercando di capire...

– Che c'è da capire, dottore? Quello con una mano pagava 'sti poveracci e coll'altra la coca che si pippava. Poi qualcuno l'ha saputo, magari il prete, e l'ha ricattato. E lui ha pagato.

– E poi il ricattatore lo ha ucciso? Ma ce lo vede lei padre Brahim a segare il tubo della Iso Rivolta?

– Una volta ho arrestato un parroco che allungava le mani sui ragazzini, dottore.

– Se è per questo, una volta ho rinviato a giudizio un vescovo con una valigetta piena di eroina.

– Ma va'!

– Giuro.

Padre Brahim tornò con due borse di tela. Ma prima che potesse aprire bocca, Deborah gli chiese da quanto tempo non vedeva Ciuffo d'Oro.

– Ah! – Il religioso si fece di colpo triste. – Venne per la donazione, sa, per formalizzare. Circa un mese fa. Non immaginavo che sarebbe stata l'ultima volta.

– Ma lei lo sa che quando è morto era imbottito di coca?

Padre Brahim si portò una mano ai capelli e si lasciò sfuggire un grido strozzato.

– Proprio cosí, – insistette la poliziotta.

Manrico pensò alla reazione contenuta di Mangili e all'angoscia del giovane nero. L'uno era amareggiato, ferito, disilluso. L'altro un entusiasta, un vero credente che si sarebbe ripreso presto dalla delusione.

– Le vie del Signore sono infinite, – mormorò infine.

– Sí, – incalzò Cianchetti, – ma lei che pensa di uno che le dà tutti quei quattrini e poi si fa di roba?

– Non so che dire. Ma pregherò per lui, per la sua anima inquieta.

Manrico, con un gesto imperioso, impedí a Cianchetti di andare oltre. Padre Brahim lo ringraziò con un cenno del capo. E offrí loro le due borse.

– Anche queste le fanno le nostre ragazze. Sono molto resistenti, sono fatte di juta. È un materiale che non va piú tanto di moda, ma a noi piace.

Mentre tornavano allo scooter della poliziotta, Manrico le chiese perché era stata cosí aggressiva.

– Dopo tutto, Cianchetti, padre Brahim fa del suo meglio!

– Seeh, e prende soldi da uno col naso incipriato! Ma su, è tutta 'na finta. Qua c'è gente che invece di stare in galera si fa una bella vacanza a spese dello stato e poi si rimette in strada a farsi e a spacciare. E magari uno di loro s'è arricchito co' Ciuffo d'Oro...

– E lei li sbatterebbe tutti dentro, giusto? Venditori, consumatori, tutti...

– Senta, dottore, se uno si vuole fare, sono problemi suoi.

– E questa è una delle poche cose su cui potremmo essere d'accordo.

– Però se è illegale io c'ho il diritto di sbatterti dentro.

– Quindi pensa anche lei che non sarebbe male se diventasse legale...

– Non ho detto questo! Che preferisce, il gatto o il cane?

– Come, scusi?

Deborah srotolò le due borsette. Avevano ciascuna un grazioso ricamo. Una di cane, l'altra di gatto. Mangili ne aveva una simile. Un ricordo della figlia, forse. Il pensiero gli provocò una piccola fitta di sofferenza. Avrebbe tanto voluto avere le certezze di Deborah Cianchetti. La sua sicurezza. O forse, semplicemente, i suoi trent'anni.

– Scelga lei, – concesse Manrico.

– Per me il gatto, allora.

– Chissà perché l'avevo intuito.

XL.

Mentre Manrico e Cianchetti interrogavano padre Brahim, Graziano il meccanico, il fidanzato di Cetty Paternò, usciva di scena. Il padrone dell'officina, suo datore di lavoro, era riuscito a ricordare il cliente la cui vettura era stata provata dal ragazzo. Vitale sentí l'uomo, un professore al di sopra di ogni sospetto, e quello disse che, per tutto il tempo in cui l'assassino poteva aver agito, lui e Graziano erano rimasti insieme, compresa la birretta in un pub di Trastevere. Amen.

I centocinquantamila euro donati alla comunità avevano intanto gettato in fibrillazione la famiglia Diotallevi. A metà pomeriggio, Orru appoggiò sulla scrivania di Manrico una succulenta trascrizione.

– Matteo Diotallevi ha telefonato ad Alina Bukaci per proporre un patto.

– Ma non si odiavano, quei due?

– Non c'è dubbio. Ma adesso si parlano.

Manrico lesse il brogliaccio.

MATTEO Ciao, Alina, sono Matteo.

ALINA Bastardo, figlio di puttana, rottinculo...

MATTEO Anche a me fa piacere risentirti.

ALINA Che cazzo vuoi? Non ti basta quello che hai fatto a tuo padre?

MATTEO Io non ho fatto niente, e tu lo sai. Ma non voglio litigare. Ho telefonato per trovare un accordo.

ALINA Che accordo? Chi ti manda? Stai registrando? Non lo sai che siamo tutti intercettati?

MATTEO   Non importa, Alina. Io non ho niente da nascondere. Vuoi starmi a sentire una buona volta?

ALINA (*dopo una pausa*)   Avanti, ma fai presto.

MATTEO   Hai saputo dei centocinquantamila che lui ha dato a quel prete?

ALINA   Ho saputo sí, quello stronzo di tuo padre era un vero pezzo di merda.

MATTEO   Io l'ho sempre detto. Ma, senti, quelli sono soldi nostri, miei e tuoi...

ALINA   Che cazzo dici? Quelli erano soldi suoi, poteva fare quello che voleva!

MATTEO   Non se riusciamo a dimostrare che il prete lo ha intortato.

ALINA   Tu dici?

MATTEO   Si chiama circonvenzione d'incapace. Praticamente è quando uno finisce nelle tue mani e tu lo manipoli e gli fai fare quello che vuoi tu.

ALINA   E noi come facciamo a dimostrarlo?

MATTEO   Troveremo il modo. Magari però vediamoci cosí ne parliamo meglio.

ALINA   Va bene.

Manrico restituí a Orru il documento. Nel frattempo, erano sopraggiunte Cianchetti e Vitale.

– *Happy family*, – commentò quest'ultima.

– Io darei le intercettazioni alla Marinelli, – sibilò Orru.

Tutti la fissarono, straniti. Orru, la piccola sarda, un modello di correttezza e professionalità, ligia alla legge sino al sacrificio. Ma che stava succedendo?

– Una battuta cosí me la sarei aspettata da Deborah, – osservò la Vitale.

Cianchetti si strinse nelle spalle. Non ci aveva pensato, e ci mancherebbe, con una come la Marinelli, poi. Però, a ben vedere...

– Dico per dire, – la Orru era come se si fosse ripresa da un momento di sbandamento, – è che noi ci sbattiamo per difendere il cittadino e assicurare alla legge i criminali, è il nostro lavoro, e ci piace farlo, ma a certi cittadini come questi, io... almeno la soddisfazione di sputtanarli! E che cavolo, è morto un cristiano, no?

– Basta cosí, – Manrico si assunse il compito di interrompere il flusso di negatività, – vedo che Matteo Diotallevi ha usato un cellulare italiano. Quindi ha un altro telefono. Forse questo riusciamo a metterlo sul luogo del delitto.

– Mi attivo subito, – assicurò Orru, quasi scattando sull'attenti.

– Però non c'hai torto, – mormorò Cianchetti, mentre la collega si dileguava.

XLI.

Domenica pomeriggio la contessa Elena si sentí male. Il vecchio dottor Sola, prontamente accorso, diagnosticò un semplice affaticamento. L'anziana si ritirò a riposare nella penombra, Manrico si rifugiò nella sua camera di un tempo, che ora ospitava il pianoforte. Suonò *Il tramonto* di Giuseppe Verdi. *Amo l'ora del giorno che muore | quando il sole già stanco declina...* In fondo, un'associazione di idee piuttosto corriva: l'ora dolcissima e mesta che segna la fine del giorno e i settantasei anni di una madre svampita. Il pensiero di perderla era insopportabile. Può darsi che avesse ragione Adelaide, quella con sua madre era una relazione malata, persino morbosa. *E desio di quell'aureo sentiero | ravviarmi sull'orma infinita | quasi debba la stanca mia vita | ad un porto di pace guidar...* Esaurita l'ultima nota della canzone, richiuse lo strumento con una certa foga. Si fa presto a passare dal sentimento alla lagna. Elena sarebbe stata la prima a sghignazzare di tutta questa melassa.

A volte la madre sembrava rientrare in sé stessa. Erano rari attimi di lucidità. La consapevolezza della dissipazione la assaliva, allora, e doveva ferirla al cuore. Forse l'aria svagata era solo un modo, l'estremo, per sfuggire alla sofferenza. Ma basta! A questa terra desolata che stava montando non c'era che un rimedio. Maria Giulia, però, era come scomparsa. Il rimedio invocato, dunque, era quello classico. Afferrò l'iPhone e cercò in rubrica il numero di Flaminia Wurtz, un'algida e sensuale agente immobiliare con cui aveva flirtato un paio di settimane prima alla vernice di un mediocre artista concettuale. Mediocre e, beninteso, alla moda. Chiamò. Si schiantò contro una segreteria telefonica. Mandò un messaggino dal tono piuttosto neutro. Decise che avrebbe atteso dieci, meglio quindici minuti, prima di passare al piano B. Si materializzò Camillo.

La contessa si era ripresa, era affamata, attendeva per la cena.

– Di' a mia madre che sto uscendo, per favore.

– Sarà delusa.

Quando è troppo è troppo. Lo fulminò con un'occhiataccia eloquente, e quello si ritirò con un mezzo inchino. Aveva esagerato? Lo aveva offeso? Ma basta, su! Arrivò un WhatsApp di Orru. Avevano i risultati definitivi dei cellulari di Matteo Diotallevi. Tutto negativo. Era impossibile, attraverso il traffico telefonico, collegare il figlio alla scena del delitto. L'inchiesta si avviava verso il nulla. Avevano messo le mani su una congrega di gente avida e meschina, ma non potevano ancora accusare nessuno di loro di essere un assassino. Le cose andavano parecchio male. Fortunatamente Flaminia Wurtz richiamò. Le andava di bere qualcosa. Ma dove, così all'ultimo? Lui propose l'amico Piero. Si accordarono per le nove e trenta. Una rapida doccia, la giacca e la camicia giuste, niente cravatta, ed era pronto. La mamma, nella sala da pranzo, sorbiva una tisana alla liquirizia. Camillo, in piedi alle sue spalle, vigilava con l'aria adorante.

– Se hai intenzione di rincasare tardi, Manrico, avvisami, per favore, – esalò, senza sollevare lo sguardo dalla tazzina.

– Mamma, per favore lo dico io!

Si avviò all'uscita, combattuto fra lo sdegno e la tenerezza. Lei lo richiamò con un tono vagamente arcigno.

– Senti...

– Dimmi.

– Se per caso hai intenzione di restare a dormire da qualche sgallettata, ricordati spazzolino, dentifricio e preservativi. Di nipoti mi basta e avanza Alex.

Bentornata, vecchia Elena. Ma adesso lasciami vivere la mia vita.

La serata non andò secondo le aspettative. Nonostante il tavolo giusto, le giuste ostriche, le bollicine adatte al gioco della seduzione, c'era qualcosa di stonato. Questa Flaminia, che appena qualche giorno prima gli era sembrata cosí attraente, il mix di freddezza e sensualità, appunto, gli appariva improvvisamente sbiadita, ordinaria, noiosa. Oltretutto, detestava l'opera: non mi dire che ti piacciono quegli omoni gonfi e quelle galline grasse che si agitano cantando cose improbabili con costumi vecchi di cent'anni?

– Ma ti pare, Manrico! Cantano!

– Anche i cantanti rock cantano, e anche i cantautori, a *Sanremo* cantano, non vedo...

– Non è la stessa cosa! Qua dobbiamo credere che magari, che ne so, una tizia di cento chili muore consumata dalla tisi cantando *ooohh ohhh*... non puoi appassionarti a cose simili!

Il confronto con Maria Giulia era impietoso. E lui si sentiva in colpa come non gli accadeva dai tempi del matrimonio. Il fatto è che una volta il tradimento gli trasmetteva ancora un non so che, quel brivido che poi negli anni si mutava immancabilmente in routine... che diavolo ti è mancato nella vita, Manrico, per essere cosí? Noia, inquietudine, vuoto. Chiamatelo come vi pare. *Spleen*, si sarebbe detto in altri tempi. L'accompagnò a un taxi, quietamente, da gentiluomo. Si salutarono con un bacetto sulla guancia e quel «vediamoci presto» che a Roma significa tutto e niente. Piú niente che tutto. Rincasò poco dopo la mezzanotte. Di sonno neanche a parlarne. L'occhio gli cadde su un faldone di documenti. Gli atti – forse inutili, forse pletorici, forse decisivi? – dell'inchiesta Ciuffo d'Oro. Fra gli altri, in una busta gialla ancora intonsa, la «relazione finale del Ris dei carabinieri sul reperto n. 567/a/w-nota del 12.11.20...» In pratica, l'esame delle fibre rinvenute sul tubo dei freni segato. Cominciò a sfogliare, distrattamente.

XLII.

Deborah Cianchetti, alla fine di una domenica tormentata – tarlo per l'inchiesta in corso, lite di prammatica con mammà, ma quando ti sposi, figlia mia, e poi si capisce, chi te se pija, co' quei tatuaggi, ma io dico, fra tutti i mestieri proprio la guardia dovevi scegliere, e suo padre con la testa tuffata nelle partite che annuiva a comando, è vero Giusè? E come no! Papà, ma che dici? E ce lo sai com'è tu' madre, ma che stai a di' Giusè, e ce lo sai com'è tu' fija – Deborah Cianchetti ricevette una telefonata da un numero sconosciuto. Pensò che fosse Diego, da qualche ufficio dove l'avevano sbattuto. Diego, il miglior antidoto alla depressione.

– Ma che Diego e Diego! So' Baracchini Elide, che lei è la commissaria?

E mo' chi era questa? Co' 'sta brutta voce da vecchia?

– Scusi, ma lei chi è? Ci conosciamo? Come ha avuto il mio numero?

– Ma me l'hai dato te, fija! Io so' a vicina de Felici Tudor.

Certo. Felici Tudor inteso Pinocchietto. Il pusher del Pigneto. Era stata lei a dire all'impicciona di cercarla, se avesse visto il tipo.

– Dica, dica, signora, scusi, non l'aveva riconosciuta.

– È tornato.

– Pinocchietto?

– Felici Tudor.

– Sta bene, domani passo.

– A commissa', io lo dico nel suo interesse, magari domani è troppo tardi.

– Perché?

– Perché ce sta uno qua che dice che lo vole ammazza'… mo', vedi un po' te, fija…

Ci volle un po' per raggiungere il Pigneto. Strada facendo aveva avvisato la centrale operativa. Non era il caso di intervenire in solitaria. Protocolli di sicurezza a parte, non sapeva che cosa si sarebbe trovata davanti. Magari un pacifico cittadino addormentato. Magari un pusher intento a tagliare la roba. A dire il vero, non sapeva nemmeno perché si fosse precipitata sul posto. C'era una segnalazione, d'accordo, ma avrebbe potuto girarla ai colleghi in servizio. La vecchia poteva essere una mitomane. Sosteneva che c'era uno che voleva ammazzare Pinocchietto: ma lei come faceva a dirlo? La verità: aveva una speranza. Che da Pinocchietto potesse venire qualche dritta utile per l'omicidio.

Un gran silenzio e la luce fredda della luna crescente avvolgevano il Pigneto, borgo ormai in gran voga fra la gioventú nottambula. Ma era domenica notte: persino quel vivace concentrato di vitalità tirava il fiato dopo le scorribande del weekend. C'era una sola finestra illuminata, quella della signora Elide, la vicina di Pinocchietto. E una sola fonte sonora: la casa del predetto Pinocchietto. Dalla quale proveniva, a notevole volume, della musica techno. Deborah citofonò, la vecchia aprí il portone e attese la poliziotta sul pianerottolo.

– Meno male! Pensavo che nun venivi piú, fija bella!

Deborah pilotò la sora Elide all'interno e si chiuse la porta alle spalle.

– Hai inteso 'st'ambaradam?

– Signora, ma perché nessuno dei vicini protesta?

– Vicini? Ma fija mia, qua ce semo solo io e quer disgraito.

– Guardi che io ho chiamato i colleghi di pattuglia.

– E hai fatto bene!

– È una cosa seria. Non è che la polizia se po' scomoda' per niente!

– Per niente? Aahhh, – e qui la sora Elide sfoderò un'aria furbetta, – t'ho capito. Tu te pensi che io t'ho chiamato perché sento rumore e voglio che quello smette co' 'a musica...

La vecchia aveva colto nel segno; Deborah l'aveva ingiustamente sottovalutata. Elide le fece segno di aspettare. Svaní in una stanza interna e ne riemerse poco dopo con una gruccia di metallo.

– Era del poro Achille, alla fine nun caminava piú...

Si avvicinò al muro e cominciò a picchiare con la gruccia, urlando nel contempo «basta, smettila, nun se ne po' piú!» Dall'altra parte rispose una specie di ruggito.

– Hai rotto il cazzo, signo'! Mo' vengo de là e te butto de sotto!

Elide fissò Deborah con un mezzo sorriso.

– Sentito? Quella nun è mica la voce de Felici Tudor. Quella è la voce der tizio che lo vole ammazza'.

Sí, era una cosa seria. I soccorsi tardavano. Deborah accostò l'orecchio alla parete. Nelle pause della musica, brevissime, le parve di intuire un tonfo, una bestemmia soffocata, forse un gemito. Ma quanto ci mettevano quei dannati colleghi? Poi un grido, molto acuto. Angosciato. Al diavolo i soccorsi. Afferrò la vecchia per le spalle, le sorrise e si sforzò di assumere un tono rassicurante.

– Resti qui, signora Elide.

Si collocò a lato dello stipite, impugnò l'arma, tolse la sicura e sferrò due calci alla porta d'ingresso.

– Polizia! Aprite!

Poi, dopo aver lanciato l'avvertimento, si gettò per terra, per evitare eventuali colpi d'arma da fuoco. Non accadde nulla. Si rialzò e tornò a colpire la porta.

– Aprite, conto sino a tre e sfondiamo. Uno...

La musica scemò d'intensità, sino quasi a diventare un sussurro.

– Va tutto bene, scusate.

Questa era una voce incerta, diversa da quella di prima.

– È Pinocchietto, – sussurrò la sora Elide, che intanto aveva raggiunto la poliziotta sul pianerottolo.

– Le avevo detto di restare dentro.

– E chi se perdeva 'sto spettacolo!

– Dritta a casa, per la miseria.

Elide se ne andò sbuffando e caracollando.

– Aprite lo stesso. È un controllo.

– Ma non c'è bisogno...

– Conto sino a tre. Uno...

– Aprimo, aprimo.

E questa era l'altra voce. Quella sgradevole. Deborah fece un passo indietro e uno di lato, assumendo la posizione di attacco. La porta si aprí di scatto e un tizio tarchiato si precipitò sul pianerottolo. La poliziotta lo centrò con un calcio al fianco. Quello si piegò praticamente in due. Deborah gli andò alle spalle e gli torse un braccio.

– Sta' fermo. Sono armata.

– E 'o vedo. M'arendo, e che cazzo!

– Daje! – esortava intanto la sora Elide, che era tornata sul pianerottolo. – Spezza quer braccio!

– Signo', e mica stamo ar cinema! – sbottò Deborah, tentando di placare l'istinto sanguinario della popolana.

Afferrò il tipo per il colletto del giaccone che indossava e lo scaraventò all'interno dell'appartamento di Pinoc-

chietto, richiudendosi la porta alle spalle. Ebbe modo di
osservarlo meglio: grasso, ai confini del flaccido; completamente rasato; barbaccia nera; ragnatela tatuata al centro del cranio. Una faccia che non le era nuova. Ma non
riusciva ad associarla a qualche vecchio «cliente».

– Quando arrivano i colleghi li mandi qua, – gridò a
Elide. La vecchia non si degnò di rispondere, offesa per
essere stata tagliata fuori.

Il tizio grasso cercava faticosamente di rialzarsi.

– Fermo là. Se ti muovi ti sparo a una gamba. Chiaro?

– Ma tu sei fuori di testa. Io nun ho fatto gnente!

– E questo me lo chiami niente?

Pinocchietto se ne stava rannicchiato sul letto, in posizione fetale, tremante e piagnucolante. Il volto era una
maschera di lividi e sangue: il frutto di un pestaggio in
piena regola.

– È un infame.

– Come ti chiami?

– Calangiuri Saverio, in arte Morte a Credito.

– E certo! – realizzò Deborah. – Tu sei il trapper, quello
che ha rifatto la canzone di Ciuffo d'Oro! Mo' me spiego…

– Nun core co' la fantasia, eh! Io… me posso arza', pe'
favore?

– Giú.

Deborah si chinò su Pinocchietto. Visto da vicino era
davvero malconcio.

– Mi puoi dire che è successo?

Pinocchietto sollevò a fatica l'indice e lo puntò contro
Morte a Credito.

– Ha… ammazzato Ciuffo d'Oro. È stato lui.

– Bastardo, infame, pezzo de merda…

In quel momento, infine, risuonarono le sirene. Meglio
tardi che mai.

XLIII.

Oggetto: informativa finale sull'omicidio di Stefano Diotallevi, detto Ciuffo d'Oro, e richiesta contestuale di adozione di misura custodiale nei confronti di SAVERIO CALANGIURI e TUDOR FELICI, meglio in rubrica generalizzati.

(*omissis*)
(*omissis*)

Il giorno 7 novembre scorso, intorno alle ore 21.00, il signor Gilberto Mangili, mentre era al volante dell'autovettura Iso Rivolta Fidia targata... di proprietà di Stefano Diotallevi, in arte noto come Mario Brans, soprannominato Ciuffo d'Oro, perdeva il controllo dell'automezzo, schiantandosi contro le mura che delimitano via delle Fornaci, altezza civico 75. Nell'occorso, mentre Stefano Diotallevi, che si trovava sul sedile del passeggero, perdeva la vita, il conducente Mangili riportava le lievi lesioni di cui all'allegato 1 del presente atto. Mangili dichiarava di non potersi spiegare la ragione dell'accaduto, tenuto conto delle perfette condizioni di manutenzione del veicolo (allegato 2). Pressoché nell'immediatezza del fatto, peraltro, quello che era apparso come un incidente si rivelava essere un omicidio, posto che veniva accertato come la perdita di controllo della Fidia fosse dovuta alla manomissione del tubo dei freni, che risultava segato. Dalle consulenze tecniche rapidamente espletate emergeva che il sabotaggio non poteva che essere stato effettuato in un arco di tempo assai prossimo all'evento-morte (all. 3). Ciò restringeva il campo d'indagine ai soggetti che potevano avere avuto accesso al veicolo nei momenti precedenti l'incidente mortale. Si evidenziava inoltre che, tenuto conto delle modalità della condotta (manomissione dei freni), da un lato era inverosimile che il bersaglio potesse identificarsi nel signor Mangili, un semplice dipendente della vittima, dall'altro era altamente probabile, se non certo, che l'ignoto attentatore avesse avuto di mira proprio il defunto Diotallevi, personalità dalle poliedriche attività, accompagnate in passato da un grande successo di pubblico e di critica (all. da 4 a 17). Pertanto, anche a seguito di intercettazioni telefoniche e ambientali (all. da 18 a 35) si identificavano alcuni soggetti che avrebbero potuto commettere l'omicidio, e se ne ipotizzava anche il movente: la vendetta per torti, reali o presunti, subiti in passato a opera della vittima (all. da 36 a 44). Venivano dunque sviluppate indagini nei confronti di (*omissis*) e per quanto alcune di queste posizioni, in particolare (*omissis*) offrissero profili critici, gli indizi emersi a carico di costoro non possedevano quei postulati di gravità, unicità e concordanza di cui all'art. 192 CPP, nemmeno per quanto concerne l'adozione di misure custodiali che, infatti, non venivano richieste (all. da 45 a 75).

Mentre le indagini procedevano comunque ad ampio raggio, emergeva, dalle relazioni del medico legale, prof. Augusto Maria Gatteschi, come la vittima presentasse, al momento del decesso, tracce di recente e anche meno recente, massiva assunzione di cocaina (all. 76). Il fatto era di assoluto rilievo, ove si consideri che la vittima godeva dell'immagine pubblica di strenuo oppositore del fenomeno degli stupefacenti (all. da 77 a 85). Nel corso dell'attività investigativa, la scrivente era venuta a conoscenza del fatto che il signor Tudor Felici, pregiudicato per reati di droga (all. 86) lavorava presso gli studi televisivi che avevano ospitato l'ultima apparizione pubblica della vittima, pochi minuti prima del suo decesso, studi che si trovavano in prossimità del luogo dove era parcheggiata la Iso Rivolta a cui sarebbero stati segati i freni. Poteva dunque diventare di una certa importanza, anche in vista delle indagini sull'omicidio, accertare se Tudor Felici, alias Pinocchietto, potesse essere il fornitore di droga della vittima, e, dunque, essere venuto a conoscenza di dettagli sulla sua vita che avrebbero potuto rivelarsi utili per l'individuazione dell'assassino (o degli assassini). Ma Felici si eclissava, rendendo impossibile, per alcuni giorni, la sua verbalizzazione. La scrivente continuava nelle ricerche, finché, la sera del 18 novembre u.s., grazie alla segnalazione di una testimone già precedentemente contattata (all. 87) si portava presso l'abitazione del predetto e, con l'ausilio dell'equipaggio della Volante Serenella procedeva al fermo di Felici e di tale Saverio Calangiuri (all. 88). All'atto dell'intervento, cosí come descritto nel verbale di arresto di cui all'allegato da ultimo indicato, Felici presentava le lesioni refertate dai medici del pronto soccorso dell'ospedale San Giovanni (all. 89), mentre l'appartamento era letteralmente a soqquadro. Nell'immediatezza, Felici rendeva dichiarazioni spontanee (all. 90), successivamente confermate e precisate davanti alla s.v. alla presenza del legale di ufficio (all. 91). Si reputa opportuno riprodurre in sintesi quanto dichiarato dal soggetto:

dal mese di settembre 20... è stato assunto come runner, ossia addetto a mansioni esecutive, dalla società di produzione che, fra le altre attività, si occupa di curare il programma televisivo *Cercolavoce*;

il programma consiste nella gara che vede opposti cantanti esordienti o comunque con all'attivo non piú di un disco, i quali si sfidano eseguendo brani inediti di loro esclusiva composizione;

la vittima aveva fatto parte in anni precedenti della giuria del programma;

l'1 ottobre ultimo scorso, dunque circa un mese prima dell'incidente mortale, Diotallevi era stato invitato a *Cercolavoce* come ospite, cosa che accadeva spesso;

aveva cosí avuto modo di incontrare, nel backstage, Calangiuri, cioè Morte a Credito;

i due non solo si conoscevano, ma Calangiuri aveva inciso, un paio di anni prima, una canzone che aveva riscosso un certo successo. Si trattava di *Tu col naso a patatina*, un brano di Diotallevi (Disco d'oro nel 1966), che Calangiuri, col nome d'arte di Morte a Credito, aveva rispolverato, naturalmente in una versione riveduta e aggiornata allo spirito dei tempi;

nel rivedere Diotallevi, Calangiuri gli proponeva una nuova collaborazione, che Diotallevi rifiutava, spiegando che non era intenzionato a lavorare ancora con «un patetico coatto, un decerebrato, un animale» come Calangiuri;

fra Diotallevi e Calangiuri si sviluppava dunque una vera e propria lite;

Tudor Felici transitava in quel momento nel corridoio dove si trovavano i due contendenti, e, sentendo le voci concitate, si fermava, non visto, ad ascoltare;

constatato che la lite si svolgeva fra un personaggio famoso – Diotallevi – e uno che aveva comunque fatto parlare di sé – Morte a Credito – la riprendeva di nascosto con il suo smartphone, ripromettendosi di postarla o forse di venderla a qualche sito di gossip (sul punto, Felici si è contraddetto).

Nb. La scrivente ha visionato il video in questione. La qualità delle immagini è decente, anche se non eccelsa. Si vede chiaramente Calangiuri avanzare protendendo i pugni con aria minacciosa verso Diotallevi, che se ne sta addossato alla parete e appare alquanto spaventato. Questo il testo della scenata nelle sue espressioni piú significative: Calangiuri: Ti faccio a pezzi, bastardo, come cazzo ti permetti. Diotallevi: Non è colpa mia se non sai cantare. Calangiuri: Eri morto, t'ho resuscitato, de te nun se ricordava piú nessuno, eri un cadavere. Diotallevi: Il mio pezzo è l'unica cosa che si ricorderanno di te, e l'hai pure stroppiato. Calangiuri: Io te stroppio a te, a encefalitico de merda. Diotallevi: Ce devi solo prova'. Calangiuri: Stai attento, merda, se fa presto a fa' un incidente. Diotallevi: Chiamo la sicurezza, vattene. Calangiuri: Chiama chi cazzo vuoi, uno de 'sti giorni te tajo i freni e allora bye bye baby!

Nel video compare dunque una minaccia diretta ed esplicita di vendicarsi ricorrendo esattamente allo strumento che avrebbe di lí a poco, appena piú di un mese, cagionato l'incidente mortale: il sabotaggio dei freni.

Proseguendo nelle sue dichiarazioni, Felici affermava che sul momento non aveva fatto caso all'accaduto, ma che poi, dopo aver appreso dai social che il cantante era morto in seguito a un falso incidente, aveva avuto paura ed era scappato per qualche giorno, tornando a Roma soltanto dopo che sempre i social avevano dato notizia delle indagini per omicidio a carico di altri soggetti.

Felici era convinto di essere al sicuro, ma evidentemente cosí non era, perché al suo rientro in casa, dopo qualche giorno di assenza, aveva trovato ad attenderlo Calangiuri, che, temendo di poter essere denunciato, lo aveva rintracciato e aggredito perché Felici gli consegnasse lo smartphone per frantumarlo.

Impaurito dalle minacce e dalla preponderante forza fisica dell'aggressore, Felici gli aveva consegnato lo smartphone e Calangiuri l'aveva in effetti frantumato (all. 92, busta gialla con frammenti di metallo e una batteria graffiata), ma poi si era insospettito, e, temendo che Felici avesse fatto delle copie del video, aveva continuato a pestarlo.

Calangiuri non aveva torto, poiché in effetti Felici aveva inoltrato due copie del video a due smartphone acquistati nei giorni successivi, rendendo cosí possibile alla scrivente la visione del video. I due apparecchi sono in sequestro (all. 93).

Per quanto riguarda Calangiuri, prima di essere condotto presso gli uffici per la formalizzazione dell'arresto in flagranza (inizialmente, l'ipotesi era di lesioni aggravate, violazione di domicilio, minacce, violenza privata aggravata, tentata estorsione), costui esortava la scrivente a sollevare il tappeto presente sul pavimento dell'abitazione di Felici. La scrivente provvedeva in tal senso, mentre Felici mostrava segni crescenti di nervosismo. La scrivente notava la presenza di un'asse non perfettamente incollata al pavimento, e provvedeva a sollevarla. Veniva cosí alla luce un'intercapedine all'interno della quale la scrivente rinveniva una busta del peso di circa duecento grammi contenente polvere bianca che, sottoposta al narcotest, si rivelava una miscela di cocaina, lidocaina e mannitolo con un tasso del 37% di purezza. Anche Felici veniva dunque tratto in arresto per detenzione a fini di spaccio, e, tenuto conto delle precarie condizioni di salute, veniva temporaneamente appoggiato all'ospedale Sandro Pertini presso l'apposito reparto per i detenuti (all. 94-95).

La scrivente ha provveduto a ulteriori attività investigative, dalle quali è emerso che né la vedova, Bukaci Alina, né la figlia né il figliastro erano a conoscenza (a loro dire) delle minacce subite dal congiunto. Il signor Mangili neppure ne era a conoscenza: il giorno 1 ottobre era in ferie (circostanza confermata) e successivamente il suo datore di lavoro nulla gli raccontò di questa vicenda. Il signor Cuffari, manager del defunto, ha invece ammesso di esserne venuto a conoscenza a opera della vittima, ma di averlo rassicurato, poiché il carattere violento e aggressivo di Calangiuri è, a suo dire, noto nell'ambiente, ma si tratta (espressione testuale) del classico «can che abbaia ma non morde» (all. da 96 a 100). Ad avviso della scrivente, la reticenza di questo teste è dovuta al fatto che Calangiuri fa parte della sua «scuderia» di artisti. Si denuncia pertanto Cuffari per i reati di false dichiarazioni all'Autorità e favoreggiamento di Calangiuri.

Come è noto, in questa fase delle indagini Calangiuri si è avvalso della facoltà di non rispondere. Egli ha tuttavia fatto pervenire alla scrivente una lettera dalla Casa circondariale di Rebibbia Nuovo Complesso nella quale ribadisce la propria estraneità ai fatti, e accusa Felici di averlo ricattato minacciando la divulgazione del video. A suo dire, Felici riforniva di droga molta gente dello spettacolo. Scrive testualmente «poi è vero, sono andato a casa sua quando sono uscite le notizie che c'erano indagini su altri, per dire che ero stufo di pagare e doveva ridarmi il video e la mia libertà. Sono pentito di quello che ho fatto ma non sono un assassino» (all. 103). La scrivente ha accertato che in data 15 novembre Felici ha versato in contanti un anticipo di € 12 750,00 per l'acquisto di un'autovettura Audi Q4 (all. 106). Tenuto conto delle reali possibilità economiche del soggetto, si ritiene che almeno parte di questa somma derivi effettivamente dall'attività estorsiva posta in essere nei confronti di Calangiuri.

Infine, si comunica che in data odierna la scrivente ha provveduto a sentire a verbale la signorina Marta Greco, segretaria di produzione della società che cura la realizzazione e la messa in onda del programma *Cercolavoce*. La predetta ha confermato di aver incontrato l'indagato Calangiuri nei pressi degli studi di via Poerio la sera del delitto. La teste è certa del riconoscimento, trattandosi di persona a lei nota già in precedenza (all. 107).

Si chiede pertanto che la s.v. voglia chiedere al sig. Gip in sede di emettere (*omissis*) per i reati di omicidio premeditato, tentato omicidio (in danno di Gilberto Mangili), estorsione, tentata estorsione, spaccio di stupefacenti (*omissis*).

Isp. Deborah Cianchetti

XLIV.

– Io non scrivo proprio cosí, – osservò Deborah, resti-
tuendo l'informativa a Manrico.

– Mi sono preso qualche piccola libertà, confesso. Per
dire: «frantumare» e «frantumato» sono preferibili a
«sfragnese» e «sfranto». Fu si scrive senza accento. Il fatto ricade sotto l'«egida» della norma, e non l'«egidia»...
«omicidiario» è un francesismo orribile, che non esiste
nella nostra bella lingua, «omicida» è sicuramente meglio. Antepongo il nome al cognome per una questione
meramente estetica. Le ho tolto tutti gli «il» e «la»: il
Diotallevi, il Calangiuri... quell'articolo spersonalizza
l'indagato, lo priva di identità, lo trasforma in un docile
oggetto nelle mani dell'inquisitore, è un retaggio arcaico
di epoche in cui gli interrogatori si conducevano coi giri di corda e le segrete rimbombavano del cupo clangore
di inferriate e catene...

Ma cosí tanti errori aveva fatto? Cosí ignorante era,
Dio santo? Fra un anno c'era il concorso da commissario.
Non l'avrebbe passato mai.

– A ogni modo, sarò lieto di darle una mano a migliorare, perché la stoffa c'è, – la rincuorò il Pm, – la vicenda è
esposta con lucidità e coerenza, e non ha calcato la mano
dove non era necessario...

– Però lei ha scritto una cosa inesatta, dottore.

– Sarebbe?

– Io non è che mi sia dannata l'anima a cercare Pinocchietto... m'è capitato fra capo e collo per caso.

– Cianchetti, il caso gioca un ruolo decisivo in quasi tutte le vicende umane. Quasi nulla accade per caso – mi scusi il gioco di parole. Ma ai giudici, guarda caso, il caso sovente non va a genio. Turba le loro certezze, mina la base logica, o che tale si presume, del loro pensiero. Infine, lei ci fa una figura migliore, direi.

– Dottore...

– Dica.

– Quella Volante Serenella.

– Allora?

– In realtà si chiama Volante 1950. Sa, per via della canzone.

– Questa mi manca, Cianchetti.

– La canzone di Amedeo Minghi, 1950, che è dedicata alla mamma, che si chiama Serenella. È un gioco di parole, *Serenella*, 1950...

– Alzo le mani. Correggeremo. Comunque, ha fatto un gran bel lavoro.

– Grazie. Dottore, posso fargliela io una domanda?

– Certo.

– Secondo lei, lo condanneranno?

Manrico non eluse la domanda. Probabilità di tenuta del quadro indiziario a carico del soggetto: alte, molto alte. A fregare il trapper erano la presenza, l'occasione, il movente, l'assenza (almeno per il momento) di alibi, e soprattutto quella minaccia concreta, diretta: ti ammazzo, e ti ammazzo sabotandoti i freni. Il quadro indiziario era solido. La personalità sembrava costruita a tavolino per far indignare la giuria popolare. Non faceva troppa simpatia, il tipo. Calangiuri, origine calabrese, trapiantato a Rieti, trasferito a Roma per inseguire il sogno musicale.

Precedenti per rissa e tentato furto. Ignorante come una capra. Quando Manrico gli aveva chiesto il perché del nome d'arte, si era grattato la pelata e aveva sbuffato: «Boh, e che ne so, 'na vorta su una bancarella ho visto un libro, e c'era 'sto titolo, *Morte a credito*, e m'è piaciuto, perché, che significa?» Manrico aveva scosso la testa. D'altronde, quella era stata l'unica domanda alla quale Calangiuri aveva accettato di rispondere.

In rete, però, c'era chi lo difendeva. E anzi il suo ultimo pezzo riscuoteva un certo gradimento: *Piccola vieni | ti farò sballare | c'ho la roba migliore | a trazione nucleare | sono un cavallo di razza | ti rivolto la piazza | quando la coca m'impazza | ti farò uscire pazza | e tu smetti di guardare | faccia di merda | o ti devo sbudellare | con grande piacere | ma vattene a cagare | ehi faccia di bambú | non mi guardare piú...* e continuava cosí per quattro strofe, su una base elementare. E il video: un mix di ebetudine e finta rivolta giovanile. E la zeppola. Manrico aveva mandato un messaggio provocatorio a suo figlio Alex: «tu che frequenti le culture giovanili, ma per fare rap e trap davvero è necessaria la zeppola?» La risposta era stata un'emoticon indignata accompagnata da una sentenza lapidaria: «quel tipo che sta in galera non ha niente a che vedere con la cultura giovanile». Ma Alex non faceva testo. A lui piaceva Nick Drake. E ai social piaceva Morte a Credito. Che sarebbe stato inesorabilmente condannato. Fu quello che disse a Cianchetti.

– È fottuto.

– Allora il caso è risolto.

– Secondo lei?

– Perché, ci sono dubbi?

Manrico congedò Cianchetti senza rispondere, e firmò la richiesta di custodia cautelare, che il Gip avrebbe sicuramente accolto. Il problema era che tutti si domandavano: sarà condannato? E nessuno si chiedeva piú: è colpevole? Nemmeno i giudici. Il processo era un ring. Vinceva il piú convincente, il piú abile e spregiudicato, quello che sapeva giocare meglio le sue carte. Non chi aveva ragione. Morte a Credito era ignorante e odioso: ma era davvero colpevole? Quando gli espose i suoi dubbi, il procuratore Melchiorre gli rise in faccia.

– Cos'è, ti manca la confessione? Mica siamo ai tempi di Torquemada.

– Il quadro indiziario si sorregge solo sulla minaccia, perché per il resto è identico a quello della vedova e del fratello.

– Ma, come hai detto, c'è la minaccia. Specifica. Dunque, è colpevole.

– Ne sei certo?

– Certissimo. E non mi soffermerei sui dettagli.

– A volte mi domando se tu agisci in base alle tue convinzioni o ti crei delle convinzioni in base alle tue azioni.

– Cioè mi stai accusando di essere indifferente rispetto alla verità?

– Piú o meno.

– Ma, mio caro, non sono io a esserlo. È il codice. E la società. Una condanna pacifica l'opinione pubblica, rafforza il prestigio della magistratura, meglio ancora se la pena è adeguata, senza pietismi. Mi raccomando: quando andrai in udienza, cerca di strappare l'ergastolo.

– Non sono certo di andare in udienza.

– Ora sei stanco. Cambierai idea.

– Non sono certo che sia colpevole.

– Tutti siamo colpevoli e prima o poi tutti pagheremo per qualcosa. A questo giro è toccato a Morte a Credito. E, credimi, va bene cosí.

Si chiamava «pensiero cinico». Manrico non ci si sarebbe mai adattato. Da un certo punto di vista, peraltro, la posizione di Melchiorre e della Cianchetti era inattaccabile. Che cosa poteva contrapporre alla robustezza degli indizi, se non una sensazione? Poteva forse mettersi a urlare, come un pazzo alla fermata dell'autobus: mi manca l'opera di riferimento, non ho trovato il giusto melodramma? Era immerso nelle piú cupe riflessioni quando lo chiamò Maria Giulia.

– Finalmente.

– È piacevole sentirsi desiderate. Complimenti. Sei su tutti i giornali. Hai risolto il caso Ciuffo d'Oro.

– Vorrei vederti.

– Anch'io, altrimenti perché ti avrei telefonato da Vienna?

– Adoro Vienna.

– Se accenni a quella famosa torta al cioccolato la nostra storia finisce qui.

– Una volta alla Staatsoper ho assistito a un pregevole *Werther* di Massenet.

– È già piú accettabile. Ma non sono qui per diletto, mio caro.

– Lavoro?

– Ognuno ha i suoi casi da risolvere. Inclusi quelli personali. Domani sera un'amica festeggia i suoi anni. Si farà un po' di musica. Vorrei andarci con te.

– Non chiedo di meglio.

XLV.

Se c'era ancora qualcosa da scavare in questa storia, l'indizio nascosto, il baco nella polpa, non poteva che nascondersi nel passato. Riprese in mano le carte.

Partí dalla busta gialla, l'ultima arrivata, che non aveva ancora aperto. La consulenza del Ris sul tubo segato. Ma non gli sembrò che contenesse novità rilevanti. Lesse e rilesse, cercò collegamenti, azzardò ipotesi. A volte avvertiva uno strano sospetto. Come se avesse avuto per le mani l'indizio decisivo e non fosse stato in grado di coglierlo. Tornava indietro, riesaminava un dettaglio già scrutinato decine di volte, credeva di aver afferrato il bandolo della matassa, poi si perdeva in qualche sentiero periferico e tutto ricominciava a farsi nebuloso. O forse troppo chiaro: era stato il rapper, o trapper, come diavolo si chiamava, e il caso era risolto. Sterile esercizio, dunque, quello di affidarsi all'intuizione? E l'opera, perché l'opera non gli veniva in soccorso?

Pensò che, se la serata avesse preso la giusta piega, avrebbe potuto accennarne a Maria Giulia. Senza entrare nei dettagli. Solo sulle linee generali. Lo aveva fatto spesso con Adelaide, e qualche volta lei lo aveva rimproverato, accusandolo di non saper prendere le distanze. La giustizia era quasi sempre imperfetta, e la verità che raggiungeva era quella «umanamente possibile». Lo aveva detto Alfredo Rocco, fascista, ma intelligente e pragmatico. Per Manrico, però, valeva ancora l'antico detto: meglio cento delinquenti in libertà che un innocente in galera. Atto di fede che a volte gli faceva dubitare di aver sbagliato mestiere. Si era fatta sera. Meno di tre quarti d'ora all'appuntamento con Maria Giulia. Sua madre lo sorprese mentre si provava un completo scuro e sceglieva la cravatta fra un classico blu notte di Marinella e una Diane De Clercq fucsia.

– La fucsia, è piú inventiva. Sei molto carino, figlio. Stasera faremo una splendida figura, insieme.

– Stasera noi non saremo insieme, mamma, ho altri programmi.

– Non dire sciocchezze, stasera noi due staremo insieme! Ma perché? Era un'occasione particolare? Un anniversario? Cosa? Chiese aiuto a Camillo.

– È l'invito a una soirée a palazzo Vittoriani Del Sacrario, signor contino.

– Capisco.

Tornò da sua madre. Aveva indossato un lungo abito di velluto viola. E una collana che era appartenuta a una sua ava settecentesca, uno dei pochi cimeli sopravvissuti alla ludopatia. Si rimirava nello specchio. Tracce dell'antica fierezza nel luccichio dello sguardo.

– Mamma, tu e il marchese Vittoriani non vi parlate da trent'anni.

– Appunto. Un silenzio eccessivamente prolungato, non ti pare?

– E proprio stasera hai deciso di romperlo!

– È un'occasione particolare.

– Vorrei saperne di piú.

– Vedrai. Ci saranno anche la Maldonati Diodati, il barone Musa, il vecchio ambasciatore Pertinenza.

– Tu odi quella gente. Com'è che li hai chiamati, una volta? Una manica di degenerati con una dotazione neuronale a somma zero… cos'è che ti ha fatto cambiare idea?

La contessa fece una graziosa giravolta, per non cadere si appoggiò alla specchiera, poi piantò sul figlio due occhi di fuoco.

– Che cos'altro mi resta, Manrico? Una banda di vecchi astiosi e moribondi, come sono io. Che cos'altro mi resta, visto che mio figlio mi ha sottratto anche le ultime gioie dell'esistenza?

Che sarebbero consistite, poi, nel piacere di finire tutti a dormire sotto i ponti. Ma amen. Era incastrato. Dalla pietà e dalla sua incapacità di prendere una posizione netta. Quella maledetta vocazione al compromesso. Scegliere il male minore. Salvare capra e cavoli. Amoreggiare col brivido e tenersi buona mammà.

– E sta bene. Andiamo.

Telefonò a Maria Giulia. Segreteria. Dettò il messaggio con voce incerta: un impegno inderogabile, urgente, legato al caso. Si scusava. Contava di liberarsi magari nel giro di un paio d'ore. Che lei lo richiamasse, le avrebbe meglio detto a voce. Non se l'era sentita di svelare la vera ragione della «buca». Il cinquantenne nascosto dietro le gonne di mammà evocava scenari catastrofici. Lo spegnimento di ogni luce d'erotismo. Maria Giulia non rispose. E quando lui provò a risentirla si schiantò contro la muraglia dell'irraggiungibilità. Aveva combinato un grosso guaio.

La serata fu un incubo di cariatidi, cibo scadente, silicone e insulti a tutto ciò che sapeva di progresso. Una parata di difensori del trono e dell'altare che avevano ben chiari i loro nemici, a partire da papa Francesco, un infiltrato del Cremlino in San Pietro. Sua madre, scintillante come se l'incontro con quei morti viventi le avesse tolto di colpo metà degli anni, si divertiva a provocarli. Al Cremlino era tornato lo zar. Stavano studiando una nuova formula per resuscitare il duce, partendo dalle unghie dei piedi. Perché avete paura del *gender* quando i vostri avi erano per una metà invertiti e per l'altra impotenti? Anch'io sarei rimasta monarchica, se invece dei Carignano mi fossero toccati i Windsor. E loro, i vecchiacci, incassavano borbottando, ma in fondo compiaciuti: se dopo trent'anni anche Elenuccia torna a casa, vuol dire che qualcosa nel mondo sta girando, e nel verso giusto.

Manrico sorrideva educatamente e fingeva di non afferrare il senso delle sparate piú grossolane di quella congrega di dementi. E doveva anche fingere di non accorgersi delle occhiate un po' affettuose e un po' ironiche che qualcuno scoccava a lui. Una sorta di implicito benvenuto esteso al figliol prodigo. Dicevano, quelle occhiate: torna Elena, e tornerai anche tu. Che alla fine sei sempre stato uno dei nostri. Manrico ne avvertiva il peso, e anche il pericolo. Poteva forse negare le sue origini? Era ancora disposto a combattere per sentirsi diverso da loro? Ma aveva poi davvero combattuto o soltanto giocato al contino democratico, rimandando sine die il confronto con le proprie contraddizioni? Be', non era ancora pronto, comunque.

In ogni caso, sua madre gli aveva giocato davvero un pessimo tiro. Il telefono di Maria Giulia era costantemente irraggiungibile. La serata si prolungava oltre ogni misura: gli zombie si erano bombardati di eccitanti, per resistere cosí a lungo a Morfeo? Infine, il centenario principe Romani di Francavilla prese congedo barcollando sulle sottili gambette, e chinandosi, a rischio di frattura lombare, accompagnò il baciamano accennando, lievemente impudico, «Bella figlia dell'amore...»

– Ah, Elena, Elena, perché non sei mai stata mia?

– Perché, Erasmo, – ribatté pronta la madre, – tenuto conto della differenza d'età potrei essere proprio tua figlia, e ho qualche diffidenza verso l'incesto.

– Ah ah, quanto adoro il tuo sarcasmo, Elena. Diciamo che sei allora la mia figlia perduta.

Basta. Era troppo. Rapí letteralmente la contessa e, dopo averla scortata in casa, si consegnò alla poltrona damascata, al cioccolato fondente e al whisky torbato. Ma qualcosa doveva aver scavato nel suo inconscio, perché – ma questo lo avrebbe potuto comprendere soltanto dopo, a cose fatte – non fu un caso se sul piatto prese a girare un *Rigoletto* del '55, con Di Stefano, Tito Gobbi, Nicola Zaccaria e naturalmente Lei nella parte di Gilda. Come amava quell'opera!

Mentre si diffondevano le note, ora cupe, ora ariose, Manrico rimise mano alle carte. Ecco una fotografia vecchia di vent'anni che mostra accanto a Ciuffo d'Oro, già ingrigito, una ragazza magra, con una specie di sorriso corrucciato. Barbara è il suo nome. Ed ecco la relazione del Ris. Scarna. Ma essenziale. Principio di Locard. Doppio trasferimento. «Cortigiani, vil razza dannata, – canta Tito Gobbi, – per qual prezzo vendeste il mio bene…» Filamenti di juta nel tubo tranciato dall'assassino. Rigoletto trascina un sacco di juta credendo che contenga il cadavere del Duca e invece dentro c'è la sua Gilda. Padre Brahim e le borse di juta confezionate dagli ospiti della comunità. La borsa di juta di un piccolo uomo ferito nel profondo. L'opera non mente. Sí, vendetta, tremenda vendetta. Ora sapeva chi era la sua Gilda, e chi era il suo Rigoletto.

XLVI.

Una pioggerellina fitta cadeva sul piccolo cimitero di Monteampio. Nel piazzale davanti all'unico ingresso, poco piú di un'apertura scavata in una parete bianca e disadorna, era parcheggiata una Up grigia. Protetto da una cerata, un arabo di mezza età aveva disposto sul pianale di un furgone qualche pianta e la consueta attrezzatura di luminarie che scandisce la coreografia della pietà per i defunti. Manrico rabbrividiva nel cappotto blu scuro. Era senza ombrello, protetto da un Borsalino modello Marengo Fedora che era appartenuto a suo padre (ma lui, Manrico, lo indossava con maggior disinvoltura). Comperò un mazzo di fiori di campo lasciando un euro di mancia e si avviò.

Potesse questa pioggia lavare via il senso di malessere. E la pietà. Soprattutto la maledetta pietà. Trovò Mangili dentro una piccola cappella senza insegna. Stava passando il mocho sul pavimento di marmo screziato. Manrico entrò. Si tolse il cappello e rivolse all'altro un lieve cenno di saluto. Mangili non sembrò far caso alla sua presenza. Da una delle pareti spuntava una mensola coperta di piante e fiori freschi. Una foto a colori di formato ovale mostrava il volto sorridente di una ragazza dai capelli biondi. Barbara Mangili, 1985-2010. La ragazza della fotografia che aveva visto la sera prima, mentre ascoltava *Rigoletto*. Il Pm posò una mano sulla spalla dell'uomo, sempre chino sul suo mocho.

– L'ha fatto per lei, vero, Mangili?

Mangili si raddrizzò, con un sorriso gentile.

– Vengo qui ogni giorno. Cambio l'acqua ai fiori, bado che ce ne siano sempre di freschi, tengo in ordine. Sa, non ho nessuno, sono solo, e quindi devo pensare a tutto io. Mia moglie se n'è andata troppo presto.

– Ma non è qui, non la vedo.

– Lei era di Genova. C'è una sorella, l'ha portata su, se ne occupa lei. Ma non ci vediamo da anni.

– Mangili...

– Apprezzo che sia venuto a trovarla, giudice. La mia Barbara. Ha visto com'era carina?

– Vorrei raccontarle una storia, se me lo permette.

– Può farmi una cortesia? – Mangili gli porse un annaffiatoio di plastica rossa. – Là dietro c'è una fontanella. Le dispiacerebbe prendermi un po' d'acqua? Grazie.

Non seppe dirgli di no. Individuò la fontana. Qualche idiota in vena di scherzi aveva occluso il rubinetto con una gomma da masticare. Con un po' di fatica riuscí a liberare l'ugello. Riempí l'annaffiatoio e lo riportò nella piccola cappella. Mangili, con uno straccetto immacolato, lustrava la foto ovale.

– Fin dall'inizio, – cominciò Manrico, – c'era qualcosa che stonava, in questa storia. E quando dico stonare, signor Mangili, dico una cosa molto precisa. Faccio riferimento alla mia ossessione per la musica. Per l'opera lirica, a essere esatti.

– Io al massimo sento *Sanremo*, – mormorò l'altro, sempre gentile, pacato, – non sono uno che ha studiato.

– Non è una colpa, mi creda.

– Grazie.

– La colpa, semmai, è quella di scambiare la vendetta per giustizia. So che possono apparire due concetti molto simili, in realtà c'è una grande differenza fra l'una e l'altra. Ma se avrà pazienza di ascoltarmi, ci arriveremo.

– Ho tutto il tempo che crede, giudice. E poi a Barbara un po' di compagnia fa piacere.

Un frullare di ali li distrasse per un istante. Un uccello, forse un passerotto, era penetrato nella cappella. Mangili sorrise. La bestiola fece un giro di perlustrazione e riconquistò la libertà.

– Le motivazioni, Mangili, le motivazioni. La causale. Il movente. La vedova, il figlio, la giovane amante, il cantante frustrato... tutti avevano un motivo per avercela con Ciuffo d'Oro. Ma erano motivi sordidi, gretti, meschini. Motivi che si addicevano a gente sordida, gretta, meschina come loro. Un delitto di oggi, a prima vista. Gretto, meschino, sordido come i tempi che stiamo vivendo. Ma per arrivare a scoprire tutta questa lordura è stato necessario sgretolare quell'involucro di perbenismo che la vittima aveva edificato per sé stessa. Si mostrava rassicurante, un padre di famiglia, ed era un seduttore. Animava campagne antidroga ed era un tossico. Manipolava. La sua vita si è rivelata un trompe-l'oeil, e perché non avrebbe dovuto esserlo anche la sua morte?

– Forse non capisco tutto quello che mi sta dicendo, dottore.

Mangili si sfregava le mani. Come se avesse freddo. O fosse in preda a un nervosismo difficile da controllare.

– Oh, no, io credo che lei il senso lo comprenda benissimo. Forse le sfugge qualche vocabolo, ma non ci faccia caso. Inganno. Voglio dire che si è trattato di un inganno, di una maschera. Sono affiorate motivazioni miserabili, e invece il motivo vero era nobile, alto. Aveva a che vedere col dolore per una perdita irreparabile. Con l'incapacità di rassegnarsi a questa perdita. Sto parlando della perdita di una figlia, la tragedia peggiore che possa abbattersi su un padre. Sto parlando di lei, Mangili, di lei e di Barbara. E dire che la verità era stata sotto i miei occhi sin dal primo momento! Quando sono venuto a cercarla a casa e lei...

– Io?

– Lei ha tirato fuori il telefonino che aveva appena comperato. L'ha tirato fuori da quella borsa di juta, quella con il cane ricamato... Lei ha segato quel tubo, Mangili. Lei ha ucciso Ciuffo d'Oro.

– La mia bambina è sensibile, dottore, – protestò l'uomo, – abbassi la voce. E se deve dire altre cose che possono turbarla, usciamo, la prego.

Mangili delirava? Manrico si accostò alla foto. La ragazza sorrideva, un alito di vento le aveva scomposto i capelli, gli occhi erano ridenti. Non un ritratto in posa, dunque, un'istantanea. Chissà quanti anni aveva, allora. Chissà quanto ancora prima della deriva e della morte. No. Mangili non delirava. Ma era come certi attori che, a furia di recitare la stessa parte, finiscono per immedesimarsi a tal punto nel personaggio da perdere il contatto con la realtà.

– Posso andarmene, se vuole. Possiamo riprendere questa conversazione domani, nel mio ufficio.

– No, no, solo le chiedo un po' di... non vorrei che Barbara si agitasse troppo, ecco.

Manrico sospirò. E decise di stare al gioco.

– Vede, Mangili, il grande problema di questo omicidio è che avevamo vari sospettati, ma a tutti mancava qualcosa. Il figlio e la moglie avevano il movente, ma come dimostrare che proprio loro avevano impugnato lo strumento omicida...

– Non capisco di cosa stia parlando.

Manrico annuí. Non era pronto. Non ancora. Forse, non lo sarebbe stato mai. E forse con uno come lui certi trabocchetti da camera di sicurezza non attaccavano.

– Vediamo. Il fidanzatino di Cetty Paternò è uscito di scena perché è l'unico ad avere un alibi certo. Il trapper, Morte a Credito, ha il movente e si trova sicuramente nei pressi del luogo del delitto, e per giunta si fa beccare a preannunciare le modalità del delitto stesso. Va bene, è un minus habens conclamato, ma è davvero cosí idiota da firmare in modo cosí clamoroso l'omicidio? D'altro canto, come assassino è sorretto da una narrazione convincente. È brutto e ostile, e appartiene allo stesso mondo del morto. Salva la famiglia, perché sposta il movente lontano dal sacro focolare, e questo piace molto a noi italiani. Morte a Credito è il colpevole ideale. Formula una minaccia esplicita e la mette in atto. In quella minaccia è descritto persino il sistema in cui attuarla: tagliando i freni della macchina. C'è una sola persona con cui Ciuffo d'Oro ne ha parlato: il suo manager, Cuffari, ma quello se ne sta zitto, perché è manager anche di Morte a Credito. Dunque, non sapremmo della minaccia se non ce lo dicesse Pinocchietto, pusher e ricattatore. Però... però. Arrivo a credere che Ciuffo d'Oro non abbia raccontato la minaccia alla moglie o alla figlia, ma a lei, Mangili? Possibile che non ne abbia parlato con lei, la persona in cui riponeva piú fiducia?

– Non esageriamo. Ero un suo dipendente, dottore.

A pensarci bene, era la prima volta che Mangili non si nascondeva dietro la figlia, ma affrontava direttamente la questione. Si era dunque aperta una piccola breccia. Era ora di allargarla.

– Ammettiamo che Ciuffo d'Oro le abbia detto: Gilberto... Gerry... è stato lei a dirmi che a volte la chiamava cosí, vero?

– Sí, l'ho detto, ma questo non significa...

– Ma certo, non significa niente. Se non confidenza. Un'elevata forma di confidenza. E questo ha un peso, mi creda. Lei emerge da questa vicenda come l'unico di cui la vittima si fidava. Non aveva costruito un gran che, in termini esistenziali, povero Ciuffo d'Oro.

L'impressione era che alla parola «povero» Mangili si fosse lasciato scappare un sorrisetto sbilenco, una smorfia amara. Ma poteva trattarsi solo di un moto istintivo dovuto alla tensione. Dopo tutto, si era appena sentito accusare di omicidio.

– Ammettiamo dunque che le abbia detto: mi hanno minacciato di morte. C'è un bastardo che vuole sabotarmi la macchina... chi fosse in possesso di questa informazione, e decidesse di passare dalla minaccia all'azione, sí, insomma, se lei avesse voluto uccidere Ciuffo d'Oro le sarebbe stato semplice, a quel punto: manometteva i freni, lo ammazzava, e dopo poteva puntare il dito accusatore contro Morte a Credito. D'altronde, chi avrebbe mai dubitato del mite, onesto, affettuoso, devoto Mangili? Eppure, aveva il tempo, l'occasione, il mezzo per agire...

– Perché avrei dovuto farlo?

– E infatti mancava il movente.

L'omino depose un bacio sulla foto della figlia, sussurrò un «ora papà deve andare, cara» ed estrasse un mazzo di chiavi dal logoro giubbetto.

– Se non le dispiace, dottore, ho un colloquio di lavoro.

– L'accompagno alla macchina, Mangili.

– Come vuole.

Uscirono all'aria aperta. Manrico continuava a rigirarsi il Borsalino fra le mani. Aveva smesso di piovere. Il passerotto che poco prima era entrato nella cappella era stato raggiunto dalla compagna. I due uccellini zampettavano sulla rada aiola che fronteggiava l'ingresso dell'edificio. Mangili pescò nelle tasche un biscotto e lo sbriciolò.

– Devono mangiare anche loro, no, dottore? – Lo aveva detto quasi scusandosi. Ma non fingeva. Ormai quell'uomo era oltre ogni finzione e ogni verità.

– L'omicidio è un punto di non ritorno, Mangili. Una soglia che demarca per sempre un prima e un dopo. Lo è per i boss della mafia, si figuri per una persona normale come lei. O come me.

– Lei, dottore? Non ce la vedo come assassino!

– E io non vedevo lei finché non ho capito che aveva un movente.

– Quale sarebbe questo movente, dottore?

– Andiamo, Mangili, l'avevamo davanti un momento fa. Sua figlia.

L'uomo fece cenno di no. Manrico però era pronto a giurarlo: aveva cambiato espressione, era colpito, e perplesso. Come se dentro di lui si stesse combattendo un'aspra battaglia.

– Mia figlia è morta in un incidente.

– Sua figlia è stata investita da un automobilista pirata la sera del 27 agosto del 2010. Aveva appena lasciato, di notte, la comunità terapeutica La Lucerna nella Sera, dove era ospite da quattro mesi per disintossicarsi dall'abuso di cocaina ed eroina.

– Sono stato io a dirglielo. Non è mica un segreto.

– Certo. Il punto è un altro. Chi aveva iniziato sua figlia alle droghe?

– Le amicizie sbagliate, dottore.

– Un'amicizia sbagliata. Una sola. Ciuffo d'Oro. Lei, suo padre, lavorava per lui. Barbara aspirava a fare la cantante. Aveva una bella voce. Ci sono riviste dell'epoca. C'è un passaggio in una trasmissione della Rai. Qualche vecchio articolo. Fotografie che li ritraggono insieme, Ciuffo d'Oro e Barbara. C'è addirittura un'intervista sul «Messaggero» alla nuova promessa della canzone italiana. Poi l'eclissi. Sua figlia va in comunità ma continua a drogarsi. E io credo che a rifornirla fosse proprio lui, Ciuffo d'Oro...

– No. Il dottore le era vicino. Anche economicamente...

– E le portava la roba.

– Non è vero.

– Deve invece. Sua figlia non aveva mai smesso di drogarsi.

Procedevano con lentezza esasperante, fermandosi di continuo. Un improvviso vento gravido di pioggia spazzò via il solicello che aveva appena fatto la sua timida comparsa.

– Però, dottore, io ci stavo morendo, in quell'incidente.

– È proprio questo che rende il suo piano perfetto! Chi sospetterebbe mai di uno che ha rischiato la propria pelle? È qualcosa che non potrei mai spiegare in aula, perché non so spiegarmelo io per primo. Eppure, sono certo: lei ha segato il tubo del freno, lei ha provocato l'incidente, lei lo ha ucciso. E Gilda è stata vendicata.

Erano arrivati al parcheggio. Il venditore arabo si fumava una sigaretta e parlava al cellulare nella sua lingua dalle sonorità aspre e brusche. Mangili si grattò la testa.

– Non conosco nessuna Gilda. Mia figlia si chiamava Barbara.

– Diciamo allora che Barbara è la sua Gilda. Mi ascolti, Mangili. C'è un principio scientifico che gioca contro di lei. Si chiama principio di Locard. Una legge. Dice che un corpo a contatto con un altro corpo trasferisce qualcosa di sé. Un'impronta, un filamento, una traccia, una fibra, come nel nostro caso. E questa fibra a sua volta si può trasferire su un terzo corpo con il quale venga a contatto...

– Mi ci sto perdendo, dottore.

– Juta, Mangili. Le ragazze della comunità fabbricano borse di juta. Lei ne possiede una. O forse piú di una. Perché quelle borse le ricordano la comunità, le ricordano Gilda. In una di queste borse custodisce un seghetto «flex». Quel seghetto, quando sta nella borsa, assorbe fibre di juta. Glielo dico in modo scientificamente impreciso, ma il concetto è chiaro. La juta passa dalla borsa al seghetto. E quando lei usa quel seghetto per tagliare il tubo dei freni della Fidia... quelle stesse fibre passano sul moncone di tubo. Le abbiamo trovate, Mangili. Stanno là. E non si possono cancellare.

Mangili azionò il telecomando della Up.

– Glielo ripeto, dottor Spinori. È una bella storia. Ma io...

– È la sua storia, ma per dimostrarla ho bisogno del suo aiuto.

– Del mio... aiuto?

L'uomo prese posto al volante, scuotendo la testa. Manrico sospirò.

– Morte a Credito non c'entra niente con questo delitto. Potrebbe finire all'ergastolo. Lei non dovrebbe permetterlo, Mangili. Non dovrebbe permettere che un innocente paghi al posto suo. Lei ha scambiato la vendetta per giustizia, gliel'ho detto al principio di questa nostra conversazione. Lei ha visto in Ciuffo d'Oro l'assassino di sua figlia, e ha deciso di punirlo.

– La saluto, dottore.

Mise in moto. Ricominciava a piovere.

Manrico calzò il Borsalino. L'arabo si accese una sigaretta e gli fece un rapido cenno di saluto. Un gatto randagio, spaventosamente magro, venne a strofinarglisi fra le gambe. Risuonò un tuono. Mangili era ancora lí. Non se ne andava. Spense il motore. Abbassò il vetro.

– Dottore, a me non me ne fregava niente di morire. Io
volevo solo ammazzare quel bastardo. Mi aveva portato
via l'unica persona che contava veramente per me. Barbara. Che cosa vivevo a fare, eh? Me lo dica lei! Avevo
pensato altre volte di farlo, ma mi era mancato il coraggio.
Perché sono un vigliacco. Lo sono sempre stato. Ma sape-
vo che dovevo farlo, o non avrei trovato mai pace. Cosí
quella sera ho segato il tubo, e ho detto: chi se ne frega.
Morirò anch'io, bene, andrò dalla mia Barbara. E invece
mi sono salvato...

L'arabo si avvicinò, incuriosito. Manrico gli fece segno
che volevano restare soli.

– Posso entrare?

Mangili gli aprí dal lato passeggero. Manrico sedette
accanto a lui.

– Dopo! – urlò Mangili, e la sua vocina ricordava lo
squittio di un topo spaventato. – Dopo, – riprese, piú
calmo, – quando mi sono svegliato mi è venuta una gran
voglia di vivere. E di vedere come andava a finire. Mi sentivo in pace. Quel pezzo di merda aveva avuto quello che
si meritava. La vita poteva ricominciare... ma piano piano
il dolore è tornato. E con il dolore il senso di colpa. Perché
le devo confessare una cosa, dottore. È stata colpa mia.
Sono stato io la causa di tutto. Ero io che dovevo pagare.
Ma la morte non mi ha voluto. Che ci posso fare, eh, me
lo dica lei! Nemmeno la morte mi ha voluto!

Manrico taceva. Aveva posato il cappello in grembo e taceva. Il suo silenzio era il miglior incoraggiamento per l'altro.

– Sono stato io a presentare Barbara a Diotallevi. È come se gliel'avessi praticamente infilata nel letto. E non
vedevo, sa, non vedevo perché non volevo vedere. Ero
cieco. Pensavo: lei è brava, avrà fortuna. È giusto. Se lo
merita. Pensavo: il dottore è buono, il dottore è un ami-

co... un amico! Quel maiale se l'è portata a letto e poi ha cominciato a darle l'eroina, la cocaina, tutto quello che poteva intossicarla. Ma questo, sa, questo l'ho saputo dopo, io, allora non mi ero accorto di niente, niente!

Sempre piú eccitato, Mangili afferrò Manrico per un braccio e cominciò a stringere.

– Quando Barbara è stata male, lui ha messo i soldi per curarla, e quando è morta... dottore, – e qui la sua voce si fece un sussurro, – è stato lui a investirla, quella notte, sa? Barbara era scappata per incontrare lui, dovevano farsi, la mia bambina si era fidata di lui, continuava a fidarsi... ma lui aveva fretta, e lei era un po' in ritardo. Cosí è ripartito a tutta velocità e... *bam.*

– Quando ha deciso di... farlo?

– Non lo so. L'idea è venuta un po' alla volta.

– Come? Sia piú chiaro.

– La sera che me lo disse fu la sera che quel tipo, il cantante, Morte a Credito, l'aveva minacciato di morte. Il giorno dopo lui andò a dare i soldi al prete...

– Mi faccia capire bene: il rapper lo minaccia e quella stessa sera Ciuffo d'Oro ammette di aver ucciso Barbara?

– Era strafatto, dottore. Non l'avevo mai visto cosí. Doveva essersi pippato un grammo sano sano. Era fuori di sé. Disse che era la giustizia di Dio, che doveva pagare, che sarebbe morto presto. E allora mi raccontò tutto e mi offrí dei soldi. Voleva il mio perdono, capisce? Lo stronzo voleva essere perdonato!

– E lei?

– Io risposi, ma cosí per dire, eh, non ci credevo piú tanto, «dalli a quei poveracci della comunità, dalli al prete»...

– E lui la prese in parola.

– Sí, ma... non so, non mi bastava. Anzi, devo essere sincero, dottore, non me ne fregava niente. Rimasi pure a lavorare con lui. Poi però ci ho ripensato. E mi è venuta la rabbia: doveva pagare.

La pioggia si stava mutando in gradine, una sinfonia picchiettante, molesta, implacabile. L'arabo era sparito. Restarono per un po' in silenzio. Manrico si era imbattuto in una specie rara: un colpevole provvisto di coscienza. Ma dipendeva dal fatto che quel padre umiliato e offeso non era un delinquente. Era solo un povero cristo precipitato nella crepa che gli si era improvvisamente spalancata davanti. Un Rigoletto minore, senza la depravazione dell'illustre gobbo. Ugualmente disperato. Ugualmente ostile alla giustizia. *Egli è il delitto. Punizion son io.* Avvertí improvvisamente il peso insostenibile di tutto quel dolore. Mangili aveva smesso di piangere.

– E ora, dottore?

– Ora deve ripetermi tutto davanti a un avvocato.

– È necessario?

– In caso contrario non avrebbe valore.

– E poi?

– Poi dovrò arrestarla.

XLVII.

Tra Vitale, Orru e Cianchetti stava accadendo qualcosa. La sera prima le tre donne se ne erano andate a cena, da sole, senza maschi, ed era stata l'occasione per sviluppare una certa confidenza. Un osservatore esterno le avrebbe definite «prove generali di disgelo». Manrico stesso, se non fosse stato cosí preda dei propri tormentosi dubbi, non avrebbe mancato di accorgersi di certi piccoli dettagli che segnalavano un evidente miglioramento della temperatura emotiva e delle relazioni all'interno della squadretta investigativa.

Ora, all'incirca verso le undici del mattino, le tre poliziotte se ne stavano nell'anticamera di Manrico, in attesa di disposizioni. Brunella era assente, fulminata da un raffreddore. Vitale rispondeva al telefono. Tutte erano però inquiete. La soluzione del caso significava anche la fine della franchigia elargita dal procuratore Melchiorre. Era imminente il ritorno alle delizie della routine. E Deborah Cianchetti stava seriamente riesaminando la decisione di abbandonare la partita. Sino a pochi giorni prima ne era certa, ma ora si domandava se non valesse la pena insistere con la squadra di Manrico Spinori. In fondo, il magistrato si era dimostrato meno peggio del previsto. E forse, entrando un po' in confidenza, avrebbe potuto chiedere alle colleghe qualche dritta per il concorso da commissario.

Sí, le cose andavano meglio. Orru si scusò con Deborah: forse inizialmente era sembrata diffidente, ma era un portato della «sardità». Niente di personale, comunque. Deborah rispose che si rendeva conto. La fiducia bisogna meritarsela. E aggiunse: poi io non faccio molti sforzi per socializzare, l'altra sera, per esempio, al compleanno di Gavina, sono stata un po'... Vitale sospirò. L'altra sera il clima era strano perché lei era in crisi con il marito. Orru le chiese maggiori dettagli. Vitale si strinse nelle spalle. Deborah si offrí di uscire, se le due amiche volevano restarsene in pace a chiacchierare. Vitale ne approfittò per deviare il discorso: parlaci di te, Deborah. Sei sposata? Fidanzata?

Parlare di lei avrebbe significato parlare dell'ispettore capo Diego Cosenza. Un autentico rebus. Negli ultimi giorni c'era stato davvero poco tempo per vedersi, ma Diego era tornato alla carica con la questione del matrimonio. E la verità era che lei non sapeva che pesci pigliare. D'altronde, l'orologio biologico correva, e sua madre s'informava ogni due per tre se ci fossero progetti di velo e abito bianco con strascico. Lei continuava a rimandare. Ma per quanto ancora avrebbe potuto tenere Diego sulla corda? Non c'era un pizzico di crudeltà in quel suo continuo tentennare?

Erano cosí immerse nei loro pensieri quando Manrico fece il suo ingresso. Aveva i vestiti bagnati e un cappello che Cianchetti giudicò curioso, e comunque fuori tempo. Con lui c'erano Mangili, l'autista del defunto Ciuffo d'Oro, e il giovane avvocato Saverio Pellacane.

– Cianchetti, da me, subito.

– È successo qualcosa, dottore?

– Verbalizziamo la confessione del signor Mangili.

Dopo, quando Mangili era già in carcere, Manrico fece portare in ufficio una cassata siciliana e la divise con le sue poliziotte. Quindi spiegò.

– Gilda è la figlia di Rigoletto. Lui è il buffone di corte, caro al cuore del duca di Mantova. Per suo conto partecipa a burle atroci e sbeffeggia i cortigiani. È gobbo, deforme, la sua diversità l'ha reso spietato. Ma Rigoletto ha una figlia, Gilda, che ama piú dei suoi occhi, e tiene lontana dalla corte, e dal duca soprattutto, perché sa quanto può essere perfida e crudele la gente, e sa che il duca è un seduttore inveterato. Ma il duca scova Gilda, la inganna, la seduce, abusa di lei. Rigoletto, pazzo di dolore, paga un sicario, Sparafucile, per uccidere il duca, ma al posto del reprobo finisce accoltellata proprio la povera Gilda.

– E quindi, – osservò Cianchetti, – Mangili si sentiva Rigoletto e Barbara era la sua Gilda.

– Sa cosa dice Rigoletto a Sparafucile quando gli affida l'incarico di uccidere? Dice: *egli è il delitto, punizion son io*. Lui è il crimine, e io sono il castigo.

– Difficile dargli torto, dottore.

– Cianchetti, se continueremo a collaborare dovremo intenderci su alcuni punti essenziali.

– Tipo, dottore?

– Tipo che cosa s'intende per giustizia e che cosa per vendetta.

Epilogo

Manrico si presentò a casa di Maria Giulia intorno alle otto di quella stessa sera. Con una grande pianta di orchidee. Quando si vide inquadrato nel videocitofono, fece ciao con la manina e accennò il «là ci darem la mano» mozartiano.

– Maria Giulia. Sabato Teodor Currentzis dirige il *Don Giovanni* all'Opéra Garnier di Parigi. Ho due biglietti. Sarebbe bello andarci insieme.

Interessante. Inatteso. Anche insperato? Si vedrà. Lei era un po' in disordine, diavolo, non ti vesti necessariamente da geisha dopo una giornata di lavoro. Era da tempo che desiderava sentire Currentzis. L'orchidea era una Cattleya. Apprezzò l'ammiccamento, di evidente sapore proustiano. Rick sembrava stanco, tirato. Superlavoro, o forse l'abile mascherata del cucciolo che chiede coccole per infilarsi nel tuo letto. Se è per questo, non c'era bisogno di tante moine. Il sesso aveva funzionato la prima volta, la seconda, si presumeva, non si poteva che migliorare. Ma c'era un ma. La buca che le aveva dato quella sera. Senza una valida giustificazione. Lei aveva reagito con il dovuto sdegno. Lui non l'aveva assediata, e nemmeno tormentata piú di tanto. Certo, le sue recenti imprese, se cosí si può dire, erano su tutte le prime pagine, quindi probabilmente era stato proprio il lavoro a tenerlo tanto impegnato. Ma se avesse davvero tenuto a lei...

– Aspetta, – disse, infine, schiacciando il pulsante della risposta.

Si fece una doccia. Sistemò i capelli. Scelse una camicetta verde e una gonna in tinta. Tornò al citofono. Non si era mosso. Tanta dedizione meritava una ricompensa?

Forse che sí. Forse che no.

Nota.

I versi a p. 99 sono tratti da William Shakespeare, *Re Lear*, in *I capolavori*, trad. di Cesare Vico Lodovici, Einaudi, Torino 2005, atto I, scena IV.

Ringraziamenti.

Manrico non sarebbe venuto al mondo senza Carlo Fuortes e Alberto Mattioli, ai quali devo l'impatto emozionante con l'opera lirica che ha scombussolato la mia vita. Spero che mostrino comprensione per il neofita entusiasta. Al prezioso Filippo Ceccarelli devo invece la filosofia der priffe e der pelo.

Questo libro è stampato su carta certificata FSC®
e con fibre provenienti da altre fonti controllate.

MISTO
Carta da fonti gestite
in maniera responsabile
FSC® C115118

Stampato per conto della Casa editrice Einaudi
presso ELCOGRAF S.p.A. - Stabilimento di Cles (Tn)

C.L. 24520

Edizione						Anno			
2 3 4 5 6 7 8						2020 2021 2022 2023			